Brûlant corps à corps

ELLE KENNEDY

Brûlant corps à corps

COLLECTION *Audace*

éditions Harlequin

Cet ouvrage a été publié en langue anglaise
sous le titre :
BODY CHECK

Traduction française de
ALBA NERI

HARLEQUIN®

est une marque déposée du Groupe Harlequin
et Audace® est une marque déposée d'Harlequin S.A.

83-85, boulevard Vincent-Auriol, 75013 PARIS — Tél. : 01 42 16 63 63

Service Lectrices — Tél. : 01 45 82 47 47
www.harlequin.fr

ISBN 978-2-2808-1092-0 — ISSN 1639-2949

1.

— Je peux bien l'avouer à ma meilleure amie : j'ai vraiment besoin d'une bonne partie de jambes en l'air, déclara Hayden Houston dans un soupir.

Elle porta à sa bouche le verre que le serveur venait de poser sur le comptoir en acajou et but une gorgée de vin de Californie. Le liquide rubis apaisa sa soif, mais n'atténua en rien sa frustration.

Sans parler des photographies sur les murs du Ice House Bar, qui semblaient avoir été accrochées là pour l'agacer davantage. Des joueurs de hockey pris sous tous les angles, des cartes vintage encadrées, des photographies des Chicago Warriors… Comme si elle ne pouvait pas échapper au hockey sur glace, pensa Hayden. D'accord, elle était l'unique fille du propriétaire d'une des équipes les plus importantes du pays, mais c'était trop demander de pouvoir de temps en temps penser à autre chose ? Au sexe, par exemple ?

Son amie, Darcy White, lui décocha un sourire mutin.

— Nous ne nous sommes pas vues depuis presque deux ans et c'est tout ce que tu trouves à me raconter, madame le Professeur ? Aucune anecdote croustillante sur ta vie à Berkeley ? Ou au moins, un commentaire bien senti sur les impressionnistes français ?

— Je garde mes leçons pour mes étudiants, chère amie. Quant aux anecdotes, rien qui concerne le sexe, donc rien qui vaille la peine de s'y attarder.

Hayden passa une main dans ses cheveux bruns et lisses, et s'aperçut qu'ils avaient perdu tout le volume qu'elle avait eu tant de mal à leur donner avant de sortir. Ils tombaient raides comme des baguettes, et elle n'y pouvait rien, songea-t-elle, découragée.

— Même en creusant bien, tu es sûre ? répondit Darcy. Pourquoi le sexe t'intéresse-t-il tant tout à coup ?

— C'est simple : je suis en manque !

Darcy sirota son verre de daiquiri à la fraise, un cocktail qui, d'après elle, était un véritable piège à hommes.

— Mais je croyais que tu sortais avec quelqu'un, là-bas en Californie ? Dan ? Drake ?

— Doug, corrigea Hayden.

— Depuis combien de temps sortez-vous ensemble ?

— Deux mois.

— Et vous n'avez pas encore fait chauffer les draps ?

— Eh bien, non !

— Tu plaisantes, non ? Il n'est pas porté sur la chose ? s'enquit Darcy, pensive. Ou sur toi, au moins ?

— Oh, il serait partant, en théorie. Mais en pratique, il préfère, je cite, « approfondir notre connaissance mutuelle avant de traverser ensemble le pont de l'intimité ».

— « Le pont de l'intimité » ? Le cuistre ! Ma pauvre, tu devrais le larguer sur-le-champ, avant que trop d'eau ne coule sous son fameux pont.

— A vrai dire, nous faisons un break en ce moment, expliqua Hayden. Juste avant mon départ, je lui ai dit que j'avais besoin de prendre un peu de recul.

— Recul ? Nan. C'est un nouveau copain que tu dois prendre, si tu veux mon avis.

Seigneur, c'était précisément la dernière chose dont elle avait envie, songea Hayden. Se remettre de nouveau dans la course aux rendez-vous ? Non, merci beaucoup. Après trois échecs sentimentaux en cinq ans, elle avait décidé d'abandonner sa fâcheuse habitude de craquer pour les mauvais garçons et de se concentrer sur les chic types. Et Doug Lloyd appartenait sans l'ombre d'un doute à cette dernière catégorie. Il enseignait l'histoire de la Renaissance à Berkeley, il était très intelligent, et, comme elle, il croyait fermement aux vertus de l'amour et de l'engagement. Après la mort de sa mère dans un accident de voiture, Hayden avait été élevée par son père, qui avait décidé de ne pas se remarier pour se consacrer à sa carrière d'entraîneur. En conséquence, elle avait passé son enfance ballottée d'Etat en Etat, au gré des équipes qui embauchaient Presley Houston. A présent, son vœu le plus cher était de trouver un homme stable avec qui bâtir un foyer et vieillir.

Car elle ne comptait certainement pas suivre l'exemple de son géniteur, qui avait fini par convoler, trois ans plus tôt, avec une femme de trente ans sa cadette, après seulement quatre mois de relation. Dans son for intérieur, Hayden soupçonnait que la décision précipitée de son père avait été moins motivée par l'amour que par la peur de la solitude. Une grossière erreur, à la lumière des derniers événements : actuellement, il était en instance de divorce.

Non, elle ne marcherait pas sur les traces de son père. Elle comptait s'engager après mûre réflexion et, en cela, Doug partageait son avis : se marier était une décision qui se prenait avec la plus grande prudence. De plus, Doug avait un corps magnifique qui lui mettait l'eau à la bouche. Une fois, même, elle avait pu le vérifier de ses propres mains. Ils s'étaient embrassés sur le canapé de sa maison à San Francisco, et elle avait glissé sa main sous sa chemise pour caresser ses pectoraux. Elle avait cru que le moment était venu de faire un pas décisif et avait murmuré au creux de son oreille : « Nous pourrions continuer dans la chambre… »

C'est alors que Doug avait dégainé son fameux « pont de l'intimité », après quoi, il lui avait aussi assuré avec ferveur qu'il la trouvait attirante et désirable, mais que pour lui le sexe, comme le mariage, était une question sérieuse et qu'il ne voulait pas se précipiter. Une dose massive de câlins n'avait pas réussi à lui faire abandonner ses idéaux chevaleresques.

C'était bien là que le bât blessait : Doug était trop gentil. Et si dans un premier temps, elle avait trouvé son attitude adorable, ces deux mois d'abstinence qui s'ajoutaient aux huit mois de célibat précédents commençaient à porter sa frustration sexuelle à un niveau critique.

Que Doug se comporte en gentilhomme était tout à son honneur, mais parfois, se disait Hayden, une fille a besoin d'un homme tout court.

— Sérieux, ce Damien me semble un peu niais, commenta Darcy, la sortant de ses pensées.

— Doug.

— Peu importe. L'intimité, c'est beau, mais si Dustin ne veut pas coucher avec toi, trouve-toi quelqu'un qui veuille.

— Je suis assez tentée, crois-moi.

Plus que tentée, à vrai dire. Les deux mois à venir s'annonçaient comme un véritable cauchemar. Ses vacances, elle allait les passer à Chicago pour être aux côtés de son père pendant sa procédure de divorce. Elle s'y astreignait car c'était son devoir de fille même si elle aurait donné cher pour se trouver ailleurs.

Sa belle-mère semblait déterminée à extorquer toute sa fortune à son père. Ce qui n'était pas peu dire, d'ailleurs. Après une brillante carrière d'entraîneur, Presley Houston avait réalisé sept ans auparavant le rêve de sa vie : posséder un club. A la mort de sa première épouse, il avait touché une somme substantielle de la compagnie d'assurances, somme qu'il avait intelligemment investie dans un groupe pharmaceutique. C'est grâce aux bénéfices mirobolants de ce placement qu'il avait pu acheter la franchise des Chicago Warriors. Et même s'il avait continué à s'enrichir par la suite, la seule chose qui comptait à ses yeux, c'était le club. C'est pourquoi Hayden avait tant de mal à revenir à la maison.

Son enfance avait été chaotique, c'était le moins qu'on puisse dire. Elle avait vécu deux ans en Floride, trois en Oregon, cinq au Texas. Quant aux week-ends, elle voyageait plus souvent qu'à son tour car les hommes de son père jouaient à l'extérieur. Ce n'était pas la vie rêvée pour un enfant, et seul le lien étroit qui l'unissait à son père l'avait rendue supportable. Il l'écoutait jacasser pendant des heures sur ses peintres préférés et prenait toujours le temps pour l'emmener dans les musées des villes qu'ils visitaient. Mais à présent qu'elle était adulte, et surtout depuis qu'il était devenu le patron des Chicago Warriors, tout tournait autour de la Ligue, du marketing, des joueurs… et il s'était complètement désintéressé d'elle. C'est pourquoi, trois ans auparavant, elle avait décidé d'accepter le poste à plein temps qu'on lui proposait à Berkeley, car elle s'était dit que son père allait alors se rendre compte à quel point sa fille lui manquait. Loin s'en fallait, rien n'avait changé depuis. Mais elle ne se résignait pas à faire une croix sur leur relation, et elle était revenue le soutenir pendant son divorce, dans l'espoir de retrouver leur vieille complicité.

— Depuis quand es-tu devenue une quasi-nymphomane ? s'enquit Darcy alors. C'est l'effet du climat californien ?

Hayden dut faire un effort pour cesser de penser à son père et se concentrer sur la conversation.

— Je ne suis pas devenue nymphomane, protesta-t-elle. Je suis sous pression et j'aurais besoin de lâcher un peu de vapeur, c'est tout. Tu ne vas pas me juger là-dessus, quand même !

— Dieu m'en garde ! C'est la vilaine marâtre avec ses pommes empoisonnées qui te stresse autant, hein ?

— Je vois que tu lis le journal.

— Oui. L'affaire n'est pas jolie jolie.

— Tu parles. C'est une véritable catastrophe.

— Y a-t-il quelque chose de vrai, dans tous ces ragots ? demanda Darcy, hésitante.

— Bien sûr que non ! Mon père ne ferait aucune des choses dont cette femme l'accuse, s'exclama-t-elle, agacée. Mais changeons de sujet, ce soir, je veux oublier cette affreuse Sheila, mon père et leur divorce atroce.

— D'accord. Veux-tu qu'on reparle de sexe ?

— J'aimerais autant le pratiquer, s'amusa Hayden.

— Vas-y, alors. Il y a des dizaines de mecs, dans ce bar. Choisis-en un et rentre avec lui ce soir.

— Tu veux dire, une aventure d'une nuit ?

— Parfaitement.

— Je ne sais pas. Ce n'est pas un peu sordide ?

— Comment ça, sordide ? Je le fais tout le temps !

— Je sais ! Mais toi, tu as une aversion pathologique pour l'engagement.

Darcy rejeta sa longue chevelure rouge par-dessus son épaule et lui lança un regard scintillant de défi.

— D'accord, mais laisse-moi te poser une question. Quelle option te semble la plus alléchante : passer une nuit folle avec un homme que tu peux ou non revoir, ou traverser le pont de l'intimité avec Don ?

— Doug, il s'appelle Doug !

— Peu importe. Je crois que nous savons toutes les deux qu'une virée sur le boulevard du plaisir vaut mieux que suivre l'étroit sentier de la vertu. Ou devrais-je dire le pont ? Pardon, gloussa-t-elle. J'arrête pour ce soir les allusions aux ponts.

Hayden la fixa sans répondre. Elle réfléchissait à la proposition de son amie. Elle n'avait jamais eu une aventure d'une seule nuit, car pour elle le sexe faisait partie d'une relation, comme les dîners aux chandelles, les soirées cocooning ou le premier « je t'aime ». Mais, se demanda-t-elle alors, pourquoi le sexe devrait-il marcher toujours main dans la main avec l'amour ? Pourquoi ne pas coucher avec un homme simplement pour le plaisir — sans chandelles, sans « je t'aime », sans attentes ?

— Je... Je ne sais pas si je me sens capable de me jeter au cou d'un homme alors que la semaine dernière, je sortais encore avec Doug.

— Tu lui as demandé un break. Autant en profiter, non ?

— Pour coucher avec quelqu'un d'autre ? riposta Hayden, en sirotant son verre, pensive.

— Et pourquoi pas ? Voyons, tu as passé des années à chercher un homme avec qui bâtir une relation sérieuse. Tu pourrais, pour changer, en chercher un qui titille ta libido. Eclate-toi, que diable !

— Tu as raison, en fait, répondit-elle dans un soupir.

— Oh ! Tu y penses, hein ?

— Si je trouve un homme qui me plaise vraiment, je serais capable de me jeter à l'eau.

Ses propres paroles la surprirent, mais en même temps, l'idée n'était pas si saugrenue que cela. Après tout, pourquoi serait-ce si répréhensible de brancher un type dans un bar ? Les gens faisaient ce genre de trucs fous tout le temps et, en l'occurrence, un brin de folie lui ferait le plus grand bien.

Darcy remua la paille dans son daiquiri avec un geste de conspiratrice.

— Il faut que tu te choisisses un pseudo.

— Un pseudonyme ?

— Oui. Pour garder l'anonymat et pour te mettre dans la peau de quelqu'un d'autre.

— Mais non ! s'exclama-t-elle avec un éclat de rire. Tant qu'à faire une folie, je préfère la faire dans ma propre peau.

— Ça se discute, parce que…

— Ne mettons pas la charrue avant les bœufs. Ne serait-il pas plus logique de commencer par me trouver un homme ?

— Bien dit ! Faisons tourner la roulette à hommes pour voir qui décroche le gros lot, proposa Darcy, guillerette.

Avec un gloussement, Hayden tourna sur son tabouret et inspecta la salle d'un regard curieux. Il y avait des hommes pour tous les goûts. Des grands, des petits, des mignons, des chauves. Aucun qui attire son œil.

Et soudain, debout devant le bar, elle découvrit l'heureux gagnant. Il leur tournait le dos, mais il avait pour lui de beaux cheveux noirs, de larges épaules dans un sweat bleu et un jean qui moulait à la perfection une magnifique paire de fesses d'homme au-dessus de ses longues jambes.

— Excellent choix, approuva Darcy.

— Mais je n'arrive pas à voir son visage, se plaignit Hayden, le cou fléchi dans une torsion impossible pour tenter de distinguer les traits de l'inconnu.

— Minute, papillon. Un peu de patience.

Le souffle en suspens, Hayden observa sa proie qui posait un billet sur le bar et prenait sa pinte de bière. Lorsqu'il se tourna, elle étouffa un cri. Son visage était digne d'un dieu grec, des yeux d'un bleu intense qui firent accélérer son pouls et une bouche sensuelle qui appelait les baisers. Sans parler de sa carrure. Impressionnante. De dos, il ne lui avait pas semblé si grand, mais de face, son mètre quatre-vingt-dix semblait dominer l'assemblée. Sans parler de la poitrine musclée qui se devinait sous son pull et semblait conçue pour qu'une femme y pose sa tête.

— Waw, murmura-t-elle.

Un frisson d'anticipation la parcourut rien qu'en s'imaginant passer la nuit avec lui.

L'inconnu se dirigea vers l'une des tables de billard qui occupaient le fond de la salle et choisit une queue dans le présentoir. Il posa sa bière sur l'étagère qui courait le long du mur et disposa les billes en triangle sur le tapis vert gazon. Aussitôt, un garçon à l'allure de potache l'aborda. Hayden déduisit qu'il avait proposé à M. Délicieux de jouer une partie et que celui-ci avait accepté, car le jeune homme saisit à son tour une queue.

Elle se retourna vers Darcy qui la regardait, l'air excédé.

— Qu'est-ce qu'il y a ? s'agaça Hayden.

— Qu'attends-tu pour te lancer ?

— Me lancer ? Tu veux dire, aller là-bas ?

— Si tu comptes être une vilaine fille ce soir, oui. Il faudrait que tu commences tout de suite.

— Et que suis-je censée faire ?

— Joue quelques coups. Discute. Flirte. Jette un coup d'œil sous le capo avant d'acheter la voiture…

— Ce n'est pas une voiture, Darce.

— Non, mais s'il l'était, il serait quelque chose de dangereusement sexy, genre Ford Mustang, par exemple.

Hayden éclata de rire. Sa copine était passée maître dans l'humour sauvage sans jamais tomber dans la vulgarité.

— Allez, qu'attends-tu ? répéta son amie. Va !

— Maintenant ?

— Non, après-demain !

Sa bouche se dessécha soudain, et Hayden sentit le besoin urgent de finir son verre.

— Tu veux vraiment le faire, n'est-ce pas ? demanda Darcy, une lueur étonnée dans ses grands yeux bleus. Depuis quand es-tu devenue si timide ? Tu donnes des cours devant une centaine d'étudiants. Et là, tu n'as qu'un seul homme en face de toi. Un seul.

Hayden porta de nouveau son regard vers l'inconnu, et admira, ébahie, le jeu des muscles de son dos lorsqu'il se penchait sur la table de jeu, position qui mettait de surcroît en évidence ses fesses pommées qui étaient un véritable régal pour les yeux.

Un seul, se répéta-t-elle, pour s'encourager. Rien d'autre. Juste un homme impressionnant, sexy en diable, avec un corps à damner une sainte.

Du gâteau.

Brody Croft fit le tour du billard, en étudiant ses options, le regard aiguisé comme celui d'un faucon. Il hocha la tête d'un geste sec et annonça :

— Treize, poche latérale.

— Balèze, mec, s'exclama son jeune compagnon.

— C'est à ma portée, répondit Brody, sans le regarder avant d'exécuter le coup.

La bille annoncée glissa proprement vers la poche prévue.

— Trop cool, mec, s'ébahit son adversaire. Trop cool.

— Merci, répondit Brody en changeant de position pour préparer le coup suivant.

Il était sur le point de jouer, lorsqu'il sentit le regard insistant du jeune homme posé sur lui.

— Quelque chose ne va pas ? demanda-t-il.

— Non, euh, pas de souci. Etes-vous… es-tu Brody Croft ? s'enquit l'étudiant, l'air soudain embarrassé.

Brody ravala un ricanement. Il s'était demandé combien de temps allait laisser passer le gamin avant de lui poser la question. Et non parce qu'il était si imbu de sa personne qu'il s'attendait à ce que chacun le reconnaisse, mais parce qu'il y avait fort à parier, comme le bar appartenait à Alexi Nicklaus et Jeff Wolinski, deux de ses coéquipiers des Warriors, que la plupart des clients étaient des fans de hockey.

— Lui-même, dit-il d'un ton dégagé, en tendant la main.

L'étudiant la lui serra convulsivement, comme s'il était en train de s'enfoncer dans des sables mouvants et que Brody fût venu lui sauver la vie.

— C'est hallucinant, mec ! Je m'appelle Mike, à propos.

Son regard d'adoration mit Brody mal à l'aise. Rencontrer des supporters était toujours un plaisir, mais parfois — et c'était le cas en l'occurrence —, les démonstrations d'admiration lui paraissaient quelque peu excessives.

— Et si on reprenait le jeu ? suggéra-t-il.

— Ouais. Je veux dire, bien sûr. Jouons ! s'écria Mike avec l'expression d'un gosse le matin de Noël. J'ai hâte de raconter aux potes que j'ai joué au billard avec Brody Croft.

Brody préféra ne pas répondre pour éviter de lâcher un sarcasme, et se concentra sur les billes. Lorsqu'il n'était qu'un joueur inconnu dans une équipe de deuxième catégorie, il avait travaillé comme serveur dans un bar semblable au Ice House, et de soirée en soirée, il avait fini par prendre goût au billard. A présent, son emploi du temps ne lui laissait guère le loisir de pratiquer, mais ces jours-ci, avec le scandale provoqué par les déclarations de la future ex-femme du propriétaire du club, il risquait de se trouver avec plus de temps libre qu'il ne l'aurait souhaité, songea Brody.

D'après les révélations de Mme Houston, son mari aurait soudoyé au moins deux joueurs pour qu'ils lèvent le pied afin de pouvoir parier contre sa propre équipe et retirer ainsi un bénéfice aussi substantiel qu'illégal de ces matchs arrangés. Et si ces allégations lui semblaient grotesques, Brody ne pouvait pas s'empêcher de ruminer à leur sujet.

Quelques années auparavant, un scandale similaire avait éclaboussé les Colorado Kodiaks, et bien qu'il n'y ait eu que trois hommes impliqués, les conséquences en avaient été lourdes pour les joueurs innocents, car les autres clubs s'étaient montrés réticents pour les embaucher à cause de leur lien avec l'équipe fraudeuse. Quant à lui, il se laisserait hacher menu plutôt que de tricher et, le cas échéant, il n'avait pas la moindre intention de se laisser entraîner dans la chute par des voyous qui auraient terni l'honneur des Warriors. Son contrat expirait à la fin de la saison, c'est pourquoi, considérait-il, il devait rester en dehors de tout soupçon que ce soit pour le voir renouvelé ou pour signer avec une autre franchise.

Mais l'article du journal n'était qu'un amas de billevesées, se répéta Brody pour la énième fois depuis le matin. Il aurait bien le temps de s'inquiéter si jamais les rumeurs propagées par Sheila Huston étaient avérées. Pour l'instant, il devait s'atteler à jouer le mieux possible pour que les Warriors gagnent les matchs du premier tour des qualifications.

Brody fixa son regard sur la boule qui l'intéressait et posa la queue entre son pouce et son index. Il était en train de la positionner lorsqu'une silhouette féminine tout en courbes entra dans son champ de vision et détourna son attention. La distraction lui coûta cher. La bille blanche traversa le tapis sans frôler aucune autre et tomba directement dans la poche du fond.

Quelle gaffe !

Agacé, il leva le visage vers la source de distraction, qui s'approchait de la table d'une démarche chaloupée.

— Tu peux la répéter, proposa Mike avec empressement, en repêchant la bille blanche pour la remettre sur le tapis. On appelle ça un *mulligan*, je crois.

— Non, ça c'est au golf, grommela Brody, les yeux fixés sur la brune piquante qui venait vers lui.

Quelques années plus tôt, un journaliste de *Sports Illustrated* lui avait demandé quel type de femmes l'attirait, et il avait répondu sans hésiter « les blondes tout en jambes ». C'est-à-dire l'exact opposé de celle qui se trouvait désormais à moins d'un mètre de lui. Et pourtant, sa bouche se trouvait soudain desséchée et son instinct sur le pied de guerre rien qu'à la regarder. La chevelure chocolat qui tombait sur ses épaules, les yeux verts de la même nuance vibrante que la jungle après un orage, ce petit corps tout en courbes dangereuses…

Son cœur manqua un battement lorsque leurs regards se croisèrent, et le soupçon d'un sourire anima les lèvres gourmandes de l'inconnue, avec un effet déconcertant sur ses parties viriles. Doux Jésus ! Il ne pouvait pas se rappeler la dernière fois où un simple sourire avait provoqué en lui une réponse aussi intense.

— Je venais proposer de jouer contre le gagnant, murmura la nouvelle arrivée.

Sa voix douce et quelque peu rauque envoya une nouvelle décharge à son entrejambe. Déconcerté, Brody jura dans son for intérieur. Il n'était plus un adolescent, que diable ! Il était un homme de presque trente ans, censé maîtriser mieux que cela les réactions de son corps. S'il arrivait à contrôler le palet au milieu d'une horde d'adversaires qui le harcelaient, il pouvait sans problème contrôler une mutinerie intempestive de ses hormones. Non ?

— Tenez, prenez ma place, proposa Mike de but en blanc,

en mettant son fût dans les mains de l'inconnue, avant de se tourner vers Brody pour lui décocher un clin d'œil.

Brody fronça les sourcils, excédé, en se demandant si le gosse croyait lui avoir cédé gracieusement son ticket auprès de cette bombe toute de jaune vêtue, mais avant qu'il ait pu articuler un mot, Mike avait déjà filé.

Déglutissant avec difficulté, Brody reporta son attention sur cette petite femme sexy en diable qui avait réussi à provoquer une érection au premier sourire.

Elle ne ressemblait en rien au type de femmes qu'on croise dans les bars de sportifs, même aussi haut de gamme que celui-ci. Certes, elle avait un corps à tomber par terre, mais tout en elle respirait l'innocence. C'était peut-être la constellation de taches de rousseur qui mouchetait l'arête de son nez, ou peut-être la façon dont elle mordillait sa lèvre inférieure, ou alors… Sans crier gare, l'image de ces lèvres pulpeuses autour d'une partie très concrète de son anatomie s'imposa à l'esprit de Brody avec la force d'un palet envoyé direct au but. Son sexe se dressa douloureusement contre la fermeture Eclair de son jean.

Pour le contrôle des hormones, vous repasserez.

— J'imagine alors que c'est à moi de jouer, dit-elle, en penchant sa tête avec un sourire aussi aguichant que le précédent. Puisque tu as raté ton coup.

— Euh, bien sûr, marmonna-t-il.

« Réveille-toi, Brody ! »

Il fallait qu'il rassemble ses esprits. Il jouait au hockey, et au billard à l'occasion, mais les jeux de la séduction ne l'amusaient plus depuis longtemps. Sa période de play-boy appartenait au passé. Il était las de toutes ces femmes qui roucoulaient autour de lui au seul motif de sa carrière sportive. Dès qu'il entrait dans un lieu public, que ce soit un bar ou un restaurant ou la bibliothèque municipale, une femme tout sucre tout miel s'approchait de lui, prête à tomber dans ses bras. Il ne pouvait même pas calculer le nombre de fois où il avait entendu : « Et tu marques aussi en force en dehors du stade, beau gosse ? » Et il en avait sa claque. Il avait roulé sa bosse et pris pas mal de bon temps, mais à présent, il avait envie de changer de route. Et tout ce qu'il voulait trouver sur son chemin, c'était une femme qui s'intéresse vraiment à lui, et pas à sa célébrité ou à ses revenus.

Le brouillard sexuel qui avait embrumé ses pensées se dissipa. Tant mieux. La tête bien claire, il pouvait affronter l'attaque de la brunette, dont le regard brillant manifestait clairement son intérêt. Très bien. Si elle avait l'intention d'ajouter M. Hockey à son tableau de chasse, elle pouvait commencer à changer de cible.

— Je m'appelle Hayden, se présenta-t-elle, un voile d'incertitude dans ses yeux vert émeraude.

— Brody Croft, dit-il avec désinvolture, en attendant de voir dans son regard cette étincelle typique qui montrait qu'elle savait parfaitement à qui elle avait affaire.

Chou blanc. Ni étincelle, ni geste de surprise. L'expression de l'inconnue resta inchangée.

— Enchantée, Brody, répondit-elle.

Sa voix s'était attardée sur son prénom, comme si elle essayait de tester s'il lui convenait. Apparemment, oui, puisqu'elle hocha simplement la tête avant de tourner son attention vers la table. Après un bref examen, elle montra du doigt la boule qu'il venait de manquer et annonça le trou dans lequel elle comptait l'envoyer.

D'accord. Etait-il donc censé croire qu'elle n'avait aucune idée de son identité ni de son métier ? Croire aussi qu'elle était entrée dans ce bar par hasard et que toujours par hasard, elle avait décidé de draguer le seul joueur de hockey de l'assemblée ?

— Alors, as-tu regardé le match hier soir ? hasarda-t-il.

— Quel match ? demanda-t-elle, l'air de ne pas comprendre.

— Le premier des qualifications, Warriors contre Vipers. Un match d'anthologie, si tu veux mon avis.

— Oh, ça, dit-elle en fronçant les sourcils. Franchement, je ne suis pas fan.

— Tu n'aimes pas les Warriors ?

— Je n'aime pas le hockey, expliqua-t-elle d'un ton d'excuse. A vrai dire, le sport ne m'intéresse pas. La gymnastique, parfois, aux J.O. d'été ?

— C'est une question ou une affirmation ? s'enquit-il, sans pouvoir s'empêcher de sourire.

— Une affirmation, très révélatrice en l'occurrence. Car elle implique que je ne regarde le sport qu'une fois tous les quatre ans.

Brody se surprit à apprécier la note sèche de sa voix lorsqu'elle admettait qu'elle ne s'intéressait pas au sport. C'était d'une franchise rare. La plupart des femmes qu'il avait rencontrées déclaraient fervemment adorer son sport, et même lorsque c'était faux, elles le clamaient haut et fort, comme si ce prétendu intérêt commun mettait en évidence une connexion cosmique entre elles et lui.

— En revanche, j'adore ce jeu, ajouta Hayden. Ça compte comme un sport, non ?

— Absolument.

La réponse parut lui satisfaire. Elle se concentra ensuite sur les billes éparpillées sur le tapis. Lorsqu'elle se pencha sur le bord de la table, Brody ne put se retenir d'observer son décolleté, qui laissait entrevoir une tentante parcelle de peau soyeuse et la naissance de ses seins ronds et pleins.

La bille qu'elle avait désignée s'enfouit dans la poche escomptée. Brody écarquilla les yeux. C'était une bonne joueuse.

D'accord, une très bonne joueuse, se corrigea-t-il quelques minutes plus tard, quand elle eut envoyé presque toutes les billes dans les blouses, l'une après l'autre, sans coup férir.

— Où as-tu appris à jouer ainsi ? s'enquit-il, estomaqué.

Elle lui lança un bref regard avant de viser une nouvelle bille.

— C'est mon père qui m'a appris, expliqua-t-elle avec un sourire.

Encore un geste comme celui-là, et il ne pourrait pas s'empêcher d'embrasser ces lèvres gourmandes sur-le-champ.

— Il m'a offert mon propre billard pour mes neuf ans, continua-t-elle. On a installé les deux tables l'une à côté de l'autre dans le sous-sol de la maison, et on jouait ensemble le soir après le dîner.

— Et vous jouez encore ?

— Plus maintenant, répondit-elle, le regard soudain embrumé. Il est trop pris par son travail pour trouver le temps de se détendre. La huit, poche en coin.

Au point où il en était, Brody ne se souciait plus de l'issue de la partie. Hayden ne pouvait que gagner, et de toute façon, son parfum sucré, une fragrance fruitée et sensuelle, embaumait l'atmosphère et brouillait ses pensées. Toutes, sauf une : tenir cette femme dans ses bras. Il n'arrivait plus à se rappeler la dernière fois où il avait été troublé à ce point par une femme.

La dernière bille empochée, elle s'approcha de lui, faisant monter son désir d'un cran à chaque pas. Elle passa une main dans sa chevelure brune, et il sentit d'autres odeurs affoler ses sens. Fraise. Noix de coco. Mmm.

Oh, qu'il avait faim ! Une faim féroce.

— Bonne partie, commenta-t-elle, en lui décochant un nouveau sourire.

Malicieux, cette fois-ci.

— Je n'ai pas touché une bille, répondit-il avec une grimace mi-figue mi-raisin.

— Désolée. Aimes-tu jouer ?

Parlait-elle du billard ? Ou d'un autre jeu ? Un jeu qu'on jouerait au lit ? Nus, de préférence ?

— Au billard, précisa-t-elle aussitôt.

— Bien sûr, j'aime jouer au billard. Entre autres.

Voyons voir comment elle prend cela.

— Comme moi, rétorqua Hayden. Je veux dire, j'aime aussi d'autres jeux.

C'était mignon, cette façon qu'elle avait de piquer des fards, se dit Brody. Il la regarda, soudain très curieux de décrypter l'énigme qui se trouvait sous ses yeux. Cette femme le draguait, pas de doute là-dessus. Ou elle s'y essayait, en tout cas. En revanche, le rouge qui couvrait ses pommettes ainsi que le léger tremblement de ses mains lui indiquaient qu'elle était loin de se sentir aussi assurée qu'elle le prétendait.

Avait-elle ou non l'habitude de flirter avec des inconnus dans les bars ? Maintenant qu'il arrivait à voir à travers le brouillard de l'attraction soudaine qu'il avait ressentie en la voyant, il était prêt à parier qu'elle n'était pas coutumière du fait. Sa façon de s'habiller était plutôt classique. Son décolleté montait assez haut, tout comme la taille de son jean, alors que ceux des autres femmes dans le bar tombaient pour la plupart au niveau des hanches. Elle semblait même ignorer à quel point elle était sexy.

— C'est une bonne chose. D'autres choses peuvent aussi s'avérer très amusantes, répondit-il, d'un ton plein de sous-entendus.

Leurs regards se croisèrent, et Brody aurait pu jurer qu'il entendait l'air crépiter avec la montée subite du courant sexuel qui s'était établi entre eux. Et même si ce n'était qu'un produit de son imagination, la tension qu'il ressentait au bas de son ventre était indéniable. Son pouls battait la mesure d'un air de jazz sulfureux. Mais peut-être que Hayden n'était pas sur la même longueur d'onde, pensa-t-il. Difficile à dire.

— Donc… Brody.

Cette façon qu'elle avait de caresser son nom lui faisait un effet fou. Ce qui n'était pas peu dire, vu qu'il se trouvait à deux doigts de perdre le contrôle de ses réactions.

Il la voulait dans son lit. Tout de suite.

Bon sang ! D'où sortait cette pensée ?

Dix minutes plus tôt, il était en train de se dire qu'il ne voulait plus perdre son temps dans des aventures sans lendemain et tout à coup, il se voyait déjà glisser entre les draps avec cette femme qu'il venait à peine de rencontrer. Comment diable cela se faisait-il ?

« C'est qu'elle est différente. »

Et cette pensée, aussi, d'où venait-elle ? se demanda-t-il, pris au dépourvu par un tourbillon d'émotions. Certes, cette femme avait éveillé en lui la luxure la plus primaire. D'accord, elle avait un corps conçu pour rendre fou n'importe quel homme. Mais elle dégageait quelque chose d'autre qui l'intriguait au plus haut point. Ces adorables taches de rousseur, son sourire timide, ce regard qui semblait dire qu'elle avait envie de coucher avec lui, mais que l'idée lui faisait peur. Ce qui l'attirait autant, comprit-il alors, c'était précisément ce mélange de sensualité et de réserve, cette étrange combinaison d'excitation et de crainte que révélaient ses gestes.

Il s'apprêtait à parler pour briser le silence lorsque Hayden posa sa main sur son bras.

— Ecoute, je sais que ceci peut sembler un peu… précipité, dit Hayden, en le regardant avec ses yeux verts insondables. Et ne crois pas que je le fasse souvent, à vrai dire, je ne l'ai jamais fait mais…

Elle prit une inspiration avant de continuer :

— Veux-tu m'accompagner à mon hôtel ?

Ah ! Son hôtel. Elle n'habitait donc pas Chicago, ce qui expliquait pourquoi elle ne l'avait pas reconnu. Peu importait, à présent, il était certain que même si elle avait su qu'il jouait chez les Warriors, elle n'y aurait pas accordé le moindre intérêt.

Et ça lui plaisait.

— Eh bien ? demanda-t-elle, avec un regard plein d'expectation.

Il ne put s'empêcher de la taquiner.

— Et qu'allons-nous faire une fois dans ta chambre ?

— On pourrait prendre un dernier verre, répondit-elle avec l'ébauche d'un sourire.

— Un dernier verre, répéta-t-il.

— Ou discuter. Ou regarder un film à la télé. Ou commander quelque chose au service à l'étage.

Elle avait de la repartie, cette brunette. Et que diable, il aimait ça, aussi.

— Ou même faire une razzia dans le minibar, dit-il.

— Absolument.

Leurs yeux se rencontrèrent encore, et ils se dévisagèrent longuement, en laissant la promesse du désir emplir l'espace entre leurs deux corps. Finalement, Brody reposa son fût dans le présentoir et revint vers Hayden. Il s'était promis de ne plus tomber dans la facilité des rencontres de bar, mais, songea-t-il, que diable, celle-ci ne semblait pas facile. Elle semblait surtout *juste*.

— Allons-y, dit-il tout près de son oreille.

Et tant pis pour les bonnes résolutions.

2.

Mon Dieu, il avait dit oui !

Elle avait invité un inconnu superbe à la suivre dans sa chambre d'hôtel pour « un dernier verre », ce qui sous-entendait « sexe » vu le contexte, et ledit inconnu avait, pour de bon, dit oui.

Hayden résista au besoin urgent de s'éventer avec la main pour rafraîchir ses joues en feu et, à la place, elle s'efforça de paraître zen et détachée. Elle répéta dans son for intérieur la phrase qu'elle voulait sortir pour tenter de l'articuler de la façon la plus naturelle possible.

— Je te retrouve dehors, si tu veux bien. Je vais dire au revoir à ma copine.

Brody l'étudia un instant avec ses yeux bleu flamme et hocha la tête avant de se diriger vers la sortie. Dieu, et dire qu'un seul de ses regards la mettait dans tous ses états, songea-t-elle, en observant son dos d'athlète comme il s'éloignait, avant de retourner en toute hâte vers la table où se trouvait Darcy.

— Oh, la vilaine fille ! salua son amie, en secouant le doigt vers elle d'un geste de feinte sévérité.

Hayden s'assit sur le tabouret et déglutit avec difficulté, en tentant de ramener son cœur affolé à une cadence raisonnable.

— Oh, là, là, Darce, je n'arrive pas à croire que je suis en train de faire ça.

— J'en déduis donc qu'il a dit oui ?

— J'ai proposé à un parfait inconnu de rentrer avec moi. Tu l'as vu, il est à tomber par terre, mais je ne suis pas sûre de pouvoir aller jusqu'au bout.

— Bien sûr que tu le peux.

— Mais je ne le connais même pas ! Il pourrait s'agir d'un tueur en série qui va me découper en morceaux et les éparpiller dans la ville, ou les envoyer par la poste !

— As-tu ton portable ?

Hayden hocha la tête.

— Si tu te sens en danger, appelle la police. Ou tu m'appelles et j'appelle la police, répondit Darcy d'un ton pratique. Mais n'y pense pas, il n'a pas du tout le type du *serial killer*.

— Mouais, Hannibal Lecter avait des manières exquises, soupira Hayden.

— Déjà, tu n'es pas obligée de continuer si tu ne veux pas. Mais tu en as envie, n'est-ce pas ?

Avait-elle envie ? Oh que oui ! Les traits virils de Brody et le reste de sa personne tout aussi viril lui revinrent à l'esprit, dissipant son anxiété. Il était, et de loin, l'homme le plus attirant qu'elle ait jamais rencontré. Et son intuition lui disait qu'il saurait tenir la route au lit. Il exsudait le sexe par chaque pore de sa peau ce qui la laissait penser qu'elle était partie pour une nuit mémorable.

— Oui, j'en ai très envie, répondit-elle enfin, toute hésitation disparue. D'ailleurs, je ne devrais pas le faire attendre.

— Amuse-toi, l'encouragea Darcy avec un clin d'œil.

— Et toi, ça va aller, toute seule ?

— Tu parles, une femme seule avec un daiquiri à la fraise ? Ça va attirer les hommes comme le miel les mouches. En l'occurrence, c'est moi le miel.

— Amuse-toi aussi, alors, répondit Hayden, en glissant du tabouret.

Brody l'attendait à la porte du bar, les mains enfoncées dans les poches de son jean. Un essaim de papillons tournoya dans son ventre en regardant son profil de dieu grec. Il avait un physique vraiment spectaculaire et ces lèvres... Hayden se demanda quel effet cela ferait de les sentir pressées contre les siennes. Elle ne tarderait pas à le savoir, pensa-t-elle avec un frisson.

— Hey, appela-t-elle doucement.

Il se tourna vers elle avec une expression où se mêlaient impatience et désir. Son pouls s'accéléra.

— Ta voiture ou la mienne ? demanda-t-il de ce ton rauque qui la rendait toute chose.

— Je suis venue dans la voiture de mon amie, répondit-elle d'une voix chevrotante.

Pourquoi, mais pourquoi sa gorge se mettait à la trahir ?

— Je suis garé un peu plus loin, dit-il, en commençant à avancer.

Il ne prit pas la peine de vérifier qu'elle le suivait. Comme si cela allait de soi.

C'était sa dernière chance de faire machine arrière. Si elle voulait fuir, c'était maintenant. Elle pouvait retourner dans le bar et feindre qu'elle n'avait jamais proposé à cet homme de rentrer avec elle. Elle pouvait aussi appeler Doug et avoir une conversation à cœur ouvert avec lui, et, éventuellement, l'amener à partager un moment de sexe à distance au téléphone et...

« C'est ça, dans tes rêves ! »

Elle s'empressa de se mettre au diapason des foulées déterminées de Brody.

— Jolie voiture, commenta-t-elle, lorsqu'il s'arrêta devant un 4x4 BMW d'un noir étincelant.

— Merci, dit-il en actionnant l'ouverture automatique des portes.

Il ouvrit pour elle la portière du passager et contourna la voiture. Hayden s'installa sur le siège en cuir et le regarda démarrer le moteur.

— Où allons-nous ? demanda-t-il.

— Au Ritz-Carlton.

Il haussa un sourcil, mais ne fit pas de commentaires.

— Et d'où viens-tu, Hayden ? demanda-t-il en commençant à conduire.

— Je suis née ici, mais j'habite à San Francisco depuis trois ans.

— Et comment ça se fait que tu sois partie si loin ?

— Je suis professeur à l'Université de Berkeley. J'enseigne l'histoire de l'art et je prépare aussi ma thèse.

— Très intéressant, dit-il avant qu'elle n'ait pu lui retourner la question.

Hayden eut l'impression qu'il ne parlait pas de son métier, et le regard que Brody fit glisser de son visage à son décolleté confirma ses soupçons. Ce fut une œillade furtive mais gourmande, qui fit dresser ses seins contre la dentelle de son soutien-gorge.

Nerveuse, elle tira les manches de son gilet vert, et fixa son attention sur le paysage qui se déroulait à travers la fenêtre, en préférant éviter ses yeux de tombeur. Si d'un seul regard, il la mettait dans un tel état, se dit-elle de nouveau, elle préférait ne pas imaginer ce que cela donnerait lorsqu'ils seraient au lit.

Pourtant, elle avait hâte de le savoir.

Ils continuèrent à rouler en silence jusqu'à ce que Brody gare la voiture dans l'aire de stationnement réservée aux clients de l'hôtel. Aucun d'eux ne parla non plus alors. Hayden détacha sa ceinture de sécurité et son cœur se mit à battre à tout rompre. Le moment de vérité était arrivé.

Ils traversèrent le hall de l'hôtel. Elle n'en revenait pas. Une heure plus tôt, elle était en train de se plaindre à Darcy de sa vie sexuelle inexistante, et voilà qu'elle s'apprêtait à monter chez elle avec l'homme le plus sexy de la planète. Elle pressa le bouton de son loft au dernier étage. Cette fois-ci, Brody ne dissimula pas son étonnement.

— Tu dois vraiment gagner bien ta vie, à Berkeley.

Elle hocha la tête, sans vouloir lui donner d'explications. En réalité, ce loft somptueux appartenait à son père, qui l'occupait jusqu'à son mariage avec Sheila. Lorsqu'il avait déménagé, trois ans auparavant, il l'avait gardé pour que Hayden puisse y loger lorsqu'elle revenait dans sa ville natale. Mais elle préférait ne pas s'étendre sur ces questions, car Brody ne manquerait pas de lui demander dans quoi travaillait son père, et alors la conversation tournerait autour du hockey, un sujet qu'elle préférait éviter.

A l'exception de Doug, la plupart des hommes avec lesquels elle était sortie devenaient intenables lorsqu'ils apprenaient que son père était le propriétaire des Warriors. Elle avait même dû rompre une fois avec un type parce qu'il ne cessait pas de la harceler pour qu'elle lui procure des entrées pour chaque match.

Elle pouvait comprendre qu'un homme soit passionné de sport, mais, à tout prendre, elle préférait être elle-même l'objet de ces sentiments enflammés.

La porte de l'ascenseur s'ouvrit directement sur le salon. Au milieu de la pièce décorée en noir et doré se trouvaient quatre énormes fauteuils en cuir, tous les quatre orientés vers l'écran plasma accroché au mur du fond. Par ailleurs, elle disposait dans la suite de trois grandes chambres à coucher, ainsi que d'une terrasse vitrée avec un jacuzzi pour dix personnes. Dans l'angle du salon se trouvait un bar, vers lequel Hayden se dirigea dès leur arrivée.

Elle n'avait pas tellement l'habitude de boire, mais elle sentait ses nerfs à fleur de peau et elle espérait qu'une petite dose d'alcool l'aiderait à se calmer.

— Que puis-je t'offrir ? demanda-t-elle par-dessus son épaule. Bière, bourbon, vodka…

— Toi.

Avec un petit rire, Brody franchit les quelques mètres qui les séparaient.

Oh, Seigneur, qu'il était grand. Imposant, même. Elle devait renverser complètement la tête pour pouvoir le regarder. Avec son mètre soixante, elle se sentait lilliputienne à côté de lui. Son cœur semblait vouloir s'échapper de sa poitrine lorsqu'il s'approcha si près qu'elle pouvait sentir la chaleur de son corps envelopper le sien. Il se pencha pour murmurer à son oreille :

— C'est à *ça* que tu pensais tout à l'heure, lorsque tu m'as proposé un verre, n'est-ce pas ?

Sa voix basse et rocailleuse traversa son corps comme la vibration d'un tambour, et lorsqu'elle plongea dans ses yeux bleu cobalt, elle y découvrit la lueur ardente du désir à l'état pur.

— Eh bien ? l'intima-t-il.

— Oui.

Il posa ses grandes mains autour de sa taille, sans pour autant l'attirer contre lui. En dépit de sa nervosité, l'excitation grandit dans son ventre et s'étendit vers son buste comme une plante grimpante. Ses seins devinrent lourds et tendus. Elle brûlait d'impatience de sentir son torse puissant contre sa poitrine, et son sexe durci entre ses cuisses.

Brody frôla sa bouche d'un doigt.

— Si tu veux changer d'avis, c'est le moment.

Il attendit sa réponse, ses yeux rivés aux siens.

Hayden marqua une pause, écartelée entre les sentiments contradictoires qui bataillaient en elle, entre ses lèvres soudain desséchées et l'humidité qui gagnait d'autres parties plus intimes de son corps. Il était encore temps de revenir sur son propre bluff avant que la situation ne lui échappe des mains, songea-t-elle un instant. Mais ce visage… La beauté des traits ciselés de Brody l'aida à se rendre compte qu'elle n'avait aucune envie de le voir partir. Peu importait, se dit-elle, si cette aventure ne débouchait pas sur des « je t'aime » et une maison avec jardin qu'ils achèteraient ensemble. Cette nuit, elle voulait penser à autre chose, car elle était fatiguée et surmenée et sexuellement frustrée. Pour une fois, elle voulait prendre du bon temps avec un homme sans se soucier de l'avenir.

— Je n'ai pas changé d'avis, murmura-t-elle.

— Tant mieux.

Il fit glisser sa main sur sa croupe et regarda ses lèvres, comme s'il hésitait sur l'opportunité de l'embrasser. Ou pas.

Devant son hésitation feinte, Hayden sentit son corps s'embraser d'impatience. Elle voulait qu'il l'embrasse. Maintenant. Elle laissa échapper un petit gémissement qui trahit son envie.

Une lueur d'amusement traversa l'expression de Brody.

— Oui ? Dis-moi, Hayden. Que veux-tu ?

— Tes lèvres.

Elle se surprit elle-même en entendant ces mots sortir de sa bouche. Depuis quand était-elle si lancée ?

— D'accord.

Il se pencha et posa ses lèvres à la base de son cou. Elle tressaillit sous la chaleur douce de son haleine, saisie par les frissons qui la parcouraient lorsque Brody remonta vers le lobe de son oreille, qu'il mordilla et embrassa avec délicatesse.

Hayden sentit son sang entrer en ébullition. Elle se laissa aller contre le corps de Brody et caressa ses cheveux foncés, en s'étonnant qu'un simple baiser puisse éveiller une telle émeute dans ses sens. La plupart des hommes qu'elle avait connus fourraient leur langue dans sa bouche avant de se lancer dans une course effrénée à leur propre orgasme sans autre préambule.

Mais Brody, lui, prenait son temps.

Il s'amusait à la faire languir.

— Ta peau a le goût du… miel… et des… fraises, susurra-t-il, en ponctuant la phrase de baisers sur sa mâchoire et sa gorge.

Elle avait perdu l'usage de la parole et ne put que frissonner encore.

— Déshabille-toi, demanda-t-il à brûle-pourpoint.

— Maintenant ? balbutia-t-elle.

— Quand sinon ? Oui, maintenant.

Hayden saisit le bas de son pull, en refoulant le sentiment d'insécurité qui l'envahissait. C'était la première fois qu'elle ôtait ainsi ses vêtements pour un homme. Etait-elle censée se lancer dans un strip-tease dans les règles de l'art ? Ou… danser ? Non, ce n'était même pas la peine d'y songer. Elle avait beau désirer cet homme de tout son corps, elle ne pouvait pas jouer la séductrice qu'elle n'était pas.

Elle enleva dans le même mouvement son gilet et son petit haut, rassurée en entendant la respiration de Brody s'alourdir lorsqu'elle découvrit ses seins à peine voilés par la dentelle. Elle s'apprêtait à dégrafer son soutien-gorge, mais il l'arrêta en secouant la tête.

— Non, pas encore. Ton jean, d'abord.

Ah, monsieur était du genre directif. Très bien.

Elle se déhancha pour laisser tomber le pantalon sur ses chevilles, qu'elle finit d'enlever d'un coup de pied désinvolte. Sa culotte noire, assortie au soutien-gorge, laissait elle aussi très peu de place à l'imagination. Le regard de Brody lui permit de savoir qu'il appréciait ce qu'il voyait. Ce n'était finalement pas si compliqué, de se déshabiller pour lui, pensa-t-elle, en passant ses pouces sous le mince élastique qui ceignait ses hanches pour pousser sa culotte le long de ses cuisses, très lentement, en se penchant, aguicheuse, pour lui offrir une vue imprenable sur son décolleté.

Elle le regarda dans les yeux.

— Elle te plaît, la vue ?

— Elle me ravit. Maintenant, le soutien-gorge.

D'un seul mouvement fluide, elle dégrafa la fermeture et se trouva complètement nue, sans, à sa grande surprise, éprouver la moindre gêne.

Il fit un pas vers elle.

— J'aime beaucoup aussi ça, dit-il, en frôlant la courbe d'un de ses seins avec son pouce. Vraiment beaucoup.

Hayden se demanda s'il était conscient qu'il ne l'avait pas encore embrassée sur la bouche. Bien que, songea-t-elle, avec cette façon ardente qu'il avait de la regarder, c'était comme s'il l'embrassait déjà de partout.

— A toi, maintenant. Et si tu te déshabillais ?

— Et si tu me déshabillais ? lança-t-il, avec un sourire diabolique.

L'idée de lui enlever ses vêtements était si excitante qu'elle sentit ses seins se dresser. Brody ne manqua pas de s'en apercevoir, et son sourire s'élargit.

— Ça te fait quelque chose, hein ? demanda-t-il, plus provocateur que jamais.

— Oui, souffla-t-elle.

— Alors, vas-y.

Le souffle court, elle posa la main sur son corps et remonta son pull jusqu'à le lui ôter. La vision de son torse nu lui coupa la respiration. Il n'était que muscles, des pectoraux bandés et des abdominaux comme moulés dans l'acier. Elle découvrit deux cicatrices, l'une au ras de la clavicule et l'autre sous son menton qu'elle n'avait pas remarquée jusque-là, qui lui octroyaient un supplément de mystère trouble et dangereusement sexy.

Un tatouage tribal couvrait l'un de ses biceps, tandis que sur l'autre bras, un dragon chinois, gueule ouverte, prenait son envol. Hayden songea au tatouage qu'elle s'était fait dessiner à dix-sept ans au creux des reins dans le seul propos d'agacer son père, après qu'il l'avait punie trop sévèrement à son goût pour avoir bravé un soir la permission de minuit. Même à présent, son audace de l'époque la surprenait. Darcy s'amusait souvent au sujet d'un prétendu penchant sulfureux qu'elle cachait sous ses airs de sainte-nitouche. Et peut-être ce penchant était-il réel, pensa Hayden, même s'il ne s'exprimait que très rarement.

Ce soir, ce penchant semblait avoir pris le contrôle de ses actions.

— Ça te plaît, la vue ? l'imita Brody, l'air ravi de remporter autant de succès auprès de son public.

— Oui, dit-elle, en portant sa main à la taille de son pantalon.

Elle défit le bouton et baissa la fermeture Eclair avant de pousser le jean vers le bas. Elle admira ses jambes puissantes avant d'arrêter ses yeux sur l'érection arrogante qui gonflait son boxer noir.

Seigneur, cet homme était un véritable fantasme ambulant.

Elle baissa le caleçon sans pouvoir empêcher ses mains de trembler, et Brody se retrouva complètement nu, nu comme elle l'était déjà. Elle parcourut lentement du regard ce corps renversant tout en muscles, éblouie par la virilité qui en émanait, avant de fixer de nouveau son sexe fièrement dressé. Oh, qu'elle allait aimer faire l'amour avec lui !

L'impatience titilla son hardiesse.

— Bon sang, tu vas m'embrasser ou quoi ? dit-elle, enhardie soudain par l'impatience de son désir.

— A vos ordres, madame.

Les yeux noircis par le désir, Brody plaqua son corps contre le sien avant de pencher son visage vers elle. Et enfin, enfin, il s'empara de sa bouche.

Doux Jésus.

Il embrassait comme un dieu. Il explora sa bouche de sa langue savante en même temps que ses lèvres sensuelles jouaient avec les siennes, sans lui donner une seconde de répit. Avec un gémissement éperdu, Hayden s'écarta de lui pour le regarder, le cœur en haleine.

Brody semblait savoir exactement ce qu'il faisait, et il l'excitait à un point qui la surprenait elle-même. Pendant un temps qui lui sembla infini, il caressa sa poitrine de ses mains puissantes, avant de baisser son visage vers l'un de ses seins. Il en pressa le bout entre ses lèvres et l'absorba dans sa bouche, en mordillant et titillant jusqu'à ce qu'elle crie de plaisir, pour passer ensuite à l'autre sein.

Hayden sentit son sexe gonflé et humide à un point insoutenable.

— Il nous faut un lit, dit-elle, sans plus pouvoir attendre. Tout de suite.

Cette femme cachait un monde de surprises, songea Brody, sans vouloir écarter sa bouche de ce sein délicieux malgré l'envie impatiente que Hayden venait d'exprimer. Il ne s'attendait pas à trouver une femme si passionnée sous les vêtements de ce professeur à l'air timide qui l'avait effrontément dragué dans un bar alors que de toute évidence elle n'avait aucunement l'habitude de ce genre d'aventure.

Il se redressa enfin et la regarda. Mais quelle brute il faisait, pensa-t-il en s'apercevant que sa barbe avait éraflé la peau blanche de sa poitrine. Cependant, les pointes cerise de ses seins, luisantes et dressées, ravivèrent son envie de s'oublier encore dans les rondeurs de sa poitrine.

Son regard glissa vers l'ombre soyeuse de la toison entre ses cuisses, qu'elle portait soigneusement épilée. Il savait que ce petit rectangle s'appelait « un ticket de métro » et il se délectait d'avance à l'idée de le valider avec sa langue gourmande.

— Où se trouve la chambre ? demanda-t-il en un murmure rauque.

Hayden ébaucha un sourire incertain, et sans répondre, elle tourna les talons et s'engagea dans le couloir.

Brody lui emboîta le pas, les yeux rivés à ses hanches ondulantes. Soudain, il s'arrêta. Dans la pénombre, il n'arrivait pas à bien distinguer le dessin, mais la petite tache en forme d'oiseau qui ornait la cambrure de Hayden était bel et bien un tatouage. C'était un faucon ou bien un aigle, hasarda-t-il. Sombre, déconcertant et redoutablement sexy, en tout cas. Il l'avait su dès le départ, cette femme n'était pas comme les autres et ce tatouage inattendu ne faisait que confirmer son pressentiment. Comme hypnotisé, il tendit les bras pour encercler sa taille de guêpe.

Le sommet de son crâne arrivait à peine à hauteur de sa poitrine. Sidéré, il se demanda comment ce petit brin de femme pouvait à ce point chambouler ses sens ?

Hayden tourna légèrement son visage vers lui et le regarda, comme si elle voulait deviner la suite de ses mouvements. Brody se laissa tomber à genoux derrière elle et commença à suivre le contour du dessin avec le bout de sa langue. Il la sentit trembler sous sa caresse, et il augmenta la pression de sa main autour de son ventre pour l'empêcher de bouger.

— Pourquoi un aigle ? demanda-t-il entre deux baisers.

— J'aime les aigles.

C'était la réponse simple d'une femme très complexe, pensa-t-il, ses mains enveloppant la courbe de ses fesses. Il en croqua la chair ferme.

— Chambre, murmura-t-elle.

— Oublie, grommela-t-il.

Il fit glisser sa main sur le devant de son corps pour chercher son clitoris. La respiration de Hayden devint haletante et elle se pencha en avant, en posant ses mains contre le mur pour garder l'équilibre. La vue troublante de son sexe luisant et humide l'attira comme un aimant, et il ne résista pas à la tentation d'y poser ses lèvres, sans cesser de la caresser en même temps. Elle gémit.

— C'est… c'est trop bon.

— Et ça ? Que penses-tu de ça ? marmonna-t-il avant d'enfouir la tête entre ses cuisses pour goûter à pleine bouche sa saveur musquée.

Elle étouffa un cri. Enhardi par sa réaction, il continua à fureter avec sa langue entre les plis les plus secrets de son corps. Les gémissements de Hayden emplissaient le couloir et il sentait son clitoris palpiter sous sa langue. Il s'écarta à peine d'elle pour glisser deux doigts à l'intérieur de son corps.

— Si tu continues, je vais jouir, se plaignit-elle en un souffle haletant.

— C'était l'idée, en effet.

Il explora l'intérieur brûlant de son sexe avec adresse tandis qu'il continuait d'exciter son clitoris avec l'autre main, en tentant d'oublier la tension qui gonflait son propre membre à un point qu'elle en devenait insoutenable. Hayden roulait les hanches sans retenue, et il intensifia ses caresses jusqu'à ce qu'il sente son sexe se serrer autour de ses doigts, et qu'elle explose de plaisir avec un cri décomplexé et sauvage.

— Oh, Brody, Brody…, souffla-t-elle avec un dernier soupir comblé.

Le corps lourd, elle se laissa aller contre lui et glissa le long de son corps pour tomber par terre avec lui. Elle se retourna face à lui, les joues enflammées par la jouissance et les yeux brillants d'un désir urgent. Dieu, qu'elle était belle !

Il s'empara de ces lèvres souples, qu'il embrassa avec ferveur, mu par une envie pressante de goûter à tous les délices que cette femme avait à offrir, et, sans cesser ses baisers, il la fit rouler avec douceur sur le dos pour la couvrir de son corps.

— J'ai besoin d'entrer en toi, dit-il.

Ce n'était pas qu'une expression. Il ressentait véritablement le besoin irrépressible de posséder ce corps avec une intensité qu'il n'avait jamais connue auparavant. C'était aussi déconcertant qu'indéniable. Il la voulait, tout de suite et son corps en tension ne pouvait plus attendre.

Il se releva en un seul mouvement leste et courut vers le salon pour chercher des préservatifs dans son portefeuille. Seulement trois, pensa-t-il en retournant dans le couloir. Il présumait peut-être de ses forces, mais il ne serait pas étonné de devoir ressortir pour faire un saut à la pharmacie, se dit-il en regardant la silhouette de Hayden qui n'avait pas pris la peine de se relever. Son attitude désinhibée et complaisante agissait comme un aphrodisiaque sur ses sens, et son sexe se redressa encore contre son ventre.

La tension sexuelle emplissait le silence à peine troublé par leurs respirations lourdes, mais alors qu'il se disposait à déchirer l'emballage, elle l'arrêta.

— Pas encore, dit-elle, en se mettant à genoux.

Hayden posa une main sur sa hanche et l'attira vers elle pour saisir son membre entre ses lèvres. Il faillit en perdre l'équilibre, ébranlé par les sensations.

Sa bouche chaude aspirait son sexe avec gourmandise. Elle l'embrassait, le léchait et pressait ses lèvres avec des mouvements aussi sensuels qu'implacables. Il serra et desserra les poings mécaniquement dans une tentative désespérée de garder sa retenue. Mais lorsqu'elle enveloppa ses testicules avec une main, il comprit qu'il ne supporterait plus que quelques secondes de cette torture exquise. Et bien qu'il n'ait aucune envie d'en finir avec la meilleure fellation qu'on lui ait jamais octroyée, il s'obligea à écarter le visage de Hayden de son ventre.

Il se remit à genoux pour se mettre à sa hauteur et l'enlaça de façon à la plaquer contre lui.

— Ça faisait si longtemps…, susurra-t-elle.

— Si longtemps ?

— Trop longtemps.

Il roula entre ses doigts le bout d'un de ses seins.

— Je prendrai mon temps, alors, dit-il en se penchant pour embrasser sa poitrine.

— Non, dit-elle, en prenant son visage entre ses mains pour plonger dans ses yeux. Je veux que ça soit fort et sans manières.

Ce disant, elle s'allongea sur le dos et l'attira entre ses cuisses.

Il se laissa faire, en résistant cependant à lâcher la bride à son instinct qui lui demandait de plonger en elle sans délai. Malgré l'intensité de son désir, le gentleman en lui préférait prolonger encore les préliminaires et voir jouir Hayden de nouveau avant d'atteindre sa propre délivrance. Il glissa sa main entre ses cuisses et commença à caresser son sexe brûlant et humide.

— Brody, je suis prête, s'emporta Hayden. Je te veux, maintenant. Baise-moi, bon sang !

Il faillit jouir sur-le-champ en entendant une demande si effrontée sortir de sa bouche délicate. Jamais il n'aurait imaginé que cette femme serait du genre à parler cru au lit. Mais, que diable, il adorait ça !

Sans autre délai, il roula le préservatif sur son sexe et la pénétra d'un seul coup de reins. Un gémissement simultané s'échappa de leurs gorges.

Il enfouit la tête dans le creux de l'épaule de Hayden pour emplir ses narines de son odeur et entra encore plus loin en elle, en un mouvement d'une lenteur insidieuse, avant de reculer un instant pour la pénétrer de nouveau.

— Tu es si serrée, et si chaude…

— Je t'avais dit que j'étais prête, marmonna-t-elle, entre deux soupirs éperdus.

Il plongea en elle encore et encore, encouragé par les mouvements de ses hanches qui l'invitaient à intensifier sa cadence. Leurs mouvements étaient frénétiques, et pourtant, il avait l'impression de percevoir la scène au ralenti. Il se plia aux ordres que Hayden lui transmettait en enfonçant ses ongles dans la chair de ses fesses pour lui imposer son rythme, en cédant ainsi enfin au désir impérieux de son propre sexe, qu'il sentait dur et tendu à l'extrême.

Hayden jouit de nouveau avec un crescendo de cris égarés qui décuplèrent son propre plaisir, mais il se força à tenir encore quelques poussées, jusqu'à ce que sa résistance s'effondre. L'orgasme s'empara de lui avec la force d'un tremblement de terre. Son corps tressaillit, ébranlé par des secousses violentes et incontrôlables et il dut lutter pour arriver à prendre une goulée d'air. Renversé, il se demanda encore une fois comment il était possible que cette femme, pratiquement une inconnue, puisse le transporter aussi loin dans la passion.

Ils restèrent de longues minutes silencieux, échoués par terre, corps et sueurs emmêlés, leurs sexes encore emboîtés.

— Pas mal, murmura finalement Hayden, en laissant courir ses mains le long de son échine.

— Pas mal ? s'amusa-t-il, en décelant le trait d'humour

malgré la décharge d'endorphines qui embrumaient son esprit. C'est tout ce que tu trouves à dire ?

— D'accord. C'était incroyablement bon.

— J'aime mieux ça.

Avec un demi-sourire, elle s'écarta de lui et se releva lentement.

— On avait un énorme lit à seulement trois mètres, dit-elle avec une mine faussement contrite.

— Rien n'est perdu, Hayden, dit-il, en la regardant depuis le sol avec une expression pleine de sous-entendus. La nuit ne fait que commencer.

3.

— Alors, raconte, demanda Darcy au téléphone. Combien ?

Hayden profita d'un feu rouge pour rajuster l'oreillette de son portable. La circulation s'avérait particulièrement pénible cet après-midi en centre-ville, ce qu'elle mettait sur le compte du match des Warriors qui devait se jouer ce même soir — les hordes de supporters ayant sans doute quitté leurs bureaux plus tôt que d'habitude. Elle tapota avec impatience le volant de sa voiture de location. Malgré son allergie au hockey, elle allait devoir passer sa soirée dans la loge de son père à regarder la rencontre.

Combien de matchs avait-elle dû suivre au cours de sa vie ? se demanda-t-elle, agacée. Des centaines ? Des milliers ? Quelle que soit la réponse, il n'y avait aucune chance à vingt-six ans qu'elle commence à apprécier ce sport qu'elle détestait depuis son enfance. Pour elle, le hockey était la cause de son déracinement et de toutes ces heures passées en seule compagnie de son livre de coloriages à attendre que son père, qui ne trouvait pas judicieux d'embaucher une nounou, puisse lui accorder quelques minutes de son précieux temps.

Un psy lui dirait sans doute qu'elle transférait sur le jeu l'animosité qu'elle n'osait pas projeter sur son père, songea-t-elle. N'empêche, elle n'y pouvait rien. Le hockey l'ennuyait à mourir.

— Quand on aime, on ne compte pas, répondit-elle à sa copine. La curiosité est un vilain défaut, Darcy.

— Mon œil, tu n'as pas compté. Combien de fois, hier, Hayden ?

— Cinq, avoua-t-elle finalement, sans pouvoir retenir un sourire béat.

— Cinq ? Es-tu vraiment en train de me dire que ce bel étalon que tu as ramené hier soir t'a procuré cinq orgasmes, et pas moins, cette nuit ? Veinarde !

— C'est la vérité.

D'ailleurs, à cette seule pensée, elle sentait son corps frémir. Des muscles dont elle ignorait jusqu'à présent l'existence se manifestaient par des courbatures fort agréables. Brody s'était avéré non seulement un amant hors pair, mais aussi un partenaire apparemment inépuisable.

— Tu m'étonnes, ma belle, tu m'étonnes.

Hayden laissa passer un groupe d'adolescentes portant des banderoles et des écharpes aux couleurs des Warriors. Elle n'avait aucune, mais aucune envie de regarder ce match, se répéta-t-elle, tout en reprenant le chemin du Lincoln Center, le stade flambant neuf de l'équipe de son père.

— Vous vous êtes quittés comment ? demanda Darcy. Tu lui as dit « au revoir et merci pour les cinq orgasmes ».

— C'était… bizarre. Il m'a demandé mon numéro.

— Et tu le lui as donné ?

— Eh non, soupira Hayden. Mais il m'a proposé de me laisser le sien, donc j'ai accepté.

— Mais c'était censé être une aventure d'une nuit !

— Je sais, mais il avait l'air si déçu que je n'ai pas pu refuser. C'était étonnant, d'ailleurs, j'aurais plutôt cru qu'il serait ravi de partir sans s'engager à quoi que ce soit. Mais non, il semblait déçu.

— Tu ne peux pas le revoir ! Et si ça devient sérieux entre vous ? Tu repars à l'autre bout du pays dans deux mois !

Hayden s'étonna encore une fois de la phobie que son amie éprouvait à l'encontre de l'amour, qu'elle traitait comme s'il s'agissait d'un virus dangereux et incurable. Darcy, dont le père était parti de la maison après vingt ans de mariage pour refaire sa vie ailleurs, était convaincue qu'elle était vouée au même destin douloureux que sa mère, ce qu'elle comptait éviter à tout prix. Hayden avait beau lui répéter que ce n'était pas une fatalité, sa copine n'en démordait pas.

— Ne t'affole pas, répondit Hayden, en prenant le parti d'en rire. Déjà, ce n'est pas sûr que je revoie Brody de nouveau. Et en plus, je n'ai pas l'intention de m'engager dans une relation d'aucun type avec qui que ce soit avant d'avoir mis au clair ma situation avec Doug.

— Mais oublie-le, celui-là ! Tu devrais en profiter pour convertir votre pause en un point final avant qu'il ne se ramène encore avec son pont de l'intimité et…

— Bonne soirée, Darcy ! Je te rappelle, coupa Hayden, en raccrochant.

Elle n'était pas d'humeur à l'entendre encore se moquer de Doug. Certes, il était vieux jeu et parlait du sexe d'une drôle de façon, mais il était avant tout un chic type, et elle n'était pas encore prête à faire une croix sur lui.

« Pourtant, tu as couché avec un autre homme. »

Des images de la nuit dernière lui revinrent à l'esprit et elle rougit. C'était étrange. L'expression « coucher avec un homme » lui semblait décrire un événement banal et convenu, comme s'il s'agissait de déjeuner avec une vieille tante, alors que ce qui s'était passé entre elle et Brody n'avait rien de banal et encore moins de convenu. L'expérience avait été renversante et intense, torride, débridée. De loin, la meilleure nuit de sexe de sa vie.

Etait-ce bien raisonnable d'avoir congédié Brody de la sorte ce matin ?

Probablement pas.

En fait, c'était d'une parfaite stupidité.

Mais que pouvait-elle faire d'autre ? Lorsqu'elle avait ouvert les yeux au réveil, elle avait retrouvé Brody qui la regardait ébahi, avec ses yeux renversants, et avant même qu'elle ait pu murmurer « bonjour », il avait commencé à la caresser, pour la porter en douceur vers un orgasme foudroyant, ce qui lui avait fait oublier son nom, la raison pour laquelle elle l'avait invité à dormir et même l'existence de la terre entière.

Par chance, elle avait fini par recouvrer la raison lorsqu'elle avait consulté sa messagerie et qu'elle y avait trouvé un message de Doug et un autre de son père.

Brody n'avait pas dissimulé son envie de la revoir et, à vrai dire, l'idée lui semblait séduisante… Plus que ça, elle y adhérait de tout son cœur. Mais elle savait aussi qu'elle ne résoudrait pas ses grands questionnements en se lançant la tête la première dans une aventure purement sexuelle. Ses problèmes avec Doug continueraient à la tarauder en coulisse, aussi bien que le stress que la situation actuelle de son père entraînait. Et si par hasard, bien que cela lui semble peu probable, Brody décidait qu'il voulait d'elle autre chose qu'une bonne partie de jambes en l'air, que ferait-elle alors ? Ajouter une complication supplémentaire dans sa vie affective ? Comme si elle pouvait se le permettre !

Non, mieux valait prévenir que guérir, songea-t-elle. Autant en finir avec Brody avant que les choses ne se compliquent.

Hayden arriva au stade et gara sa voiture à côté de la Porsche décapotable de son père, peinte en bleu et argent, bien entendu. La discrétion n'était pas le fort de Pres Houston, c'était un fait.

Mais pourquoi s'était-elle donné la peine de revenir à Chicago ? se demanda-t-elle. Lorsque son père lui avait demandé de venir le soutenir pendant son divorce, elle avait vraiment cru qu'il avait besoin d'être épaulé par sa fille. Pourtant, depuis son arrivée, il ne lui avait accordé qu'une heure de son temps, pour un déjeuner rapide, qu'il avait pratiquement passé à parler au téléphone. Et ce soir, il y avait peu de chances qu'ils trouvent un moment pour discuter car, elle ne le savait que trop bien, lorsque l'équipe jouait, rien d'autre n'existait pour son père.

Avec un soupir, elle sortit de la voiture et se prépara à affronter un grand moment de solitude au beau milieu d'un stade bondé.

Non, mais… quelle veine elle avait, franchement.

— Gare à Valdek ce soir, prévint Sam Becker.

Brody se pencha vers son ami, lequel ajustait ses jambières, assis sur l'un des bancs de bois qui meublaient le vestiaire des Warriors.

— Valdek est de retour ? s'étonna-t-il, mécontent. Et ses trois matchs de suspension ?

Becker remonta ses longs bas bleus et commença à lacer ses patins. A trente-six ans, il était au faîte de sa carrière et sa réputation d'ailier hors pair impressionnait beaucoup Brody lorsqu'il était arrivé dans l'équipe. Ensuite, ce qui l'avait le plus bluffé, c'était sa modestie. Alors qu'il avait gagné deux fois le Championnat et qu'il détenait un nombre ahurissant de records, Becker était resté le type le plus abordable et le plus simple qui soit et, avec le temps, Brody était venu à le considérer comme son meilleur ami.

— La suspension est finie, répondit Becker. Et Valdek n'a pas oublié à cause de qui il l'avait eue. Il a soif de sang, petit.

Brody préféra ignorer le dernier adjectif, que Becker s'entêtait à lui assigner malgré son expérience durement acquise.

— C'est vrai que j'ai fait exprès de m'entailler le menton avec la lame de son patin, ricana-t-il.

D'autres joueurs entrèrent alors dans la pièce. Le gardien de but, Alexi Nicklaus, qui salua d'un geste militaire, et ensuite Derek Jones, le benjamin de l'équipe et pourtant l'un des meilleurs défenseurs de la saison.

— Valdek est de retour, dit-il en guise de bonjour.

— C'est ce qu'on m'a dit, oui, répondit Brody en même temps qu'il ôtait son T-shirt.

— Waw, où as-tu gagné cette médaille ? demanda Jones, en éclatant de rire.

Brody baissa les yeux vers son torse et y découvrit un souvenir de la nuit la plus excitante de sa vie, un suçon pourpre juste au-dessus de son téton gauche. Il songea aux lèvres pulpeuses de Hayden sur sa peau et à la nuit de folie qu'ils avaient passée ensemble.

Ce matin, il s'était réveillé avec son corps souple blotti contre le sien. Il était en général un amant attentif et même tendre, mais pour autant qu'il sache, c'était la première fois qu'il réussissait à dormir avec une femme dans ses bras. En général, il avait besoin d'espace pour dormir et, après quelques câlins, il s'éloignait doucement de sa partenaire pour retrouver ses aises. Cette nuit, il se rappelait parfaitement que c'était lui qui avait tendu le bras pour attirer Hayden contre lui.

Qui l'aurait cru ?

— Rappelle-moi de te garder loin de ma fille, commenta Becker avec un soupir.

— Et qui est la charmante demoiselle ? Enfin, si tant est que tu lui aies demandé son nom, s'esclaffa Jones.

Brody se raidit, vexé, avant de se demander pourquoi tout à coup, il prenait mal que ses coéquipiers le traitent de play-boy.

C'était bien le rôle qu'il avait joué pendant pas mal de temps, après tout. Lorsqu'il était passé professionnel, il n'avait pas pu empêcher que le succès ne lui monte à la tête. Il n'était alors qu'un gamin qui avait grandi dans une banlieue pauvre du Michigan, et l'argent et l'attention avaient agi sur lui comme une drogue dure. Il en était devenu accro. Les hommes cherchaient son amitié et les femmes ses faveurs et, à vingt et un ans, il ne s'était pas gêné pour en profiter. Mais à présent, après huit ans de célébrité, séduire grâce à son maillot ne l'intéressait plus.

Malheureusement, cette image de tombeur lui collait à la peau, et il n'y pouvait rien. Les gars de l'équipe aimaient les étiquettes, réfléchit-il. Derek Jones était le Farceur ; Becker, le Vétéran ; Craig Wyatt, l'Impassible. Et lui, il était le Play-Boy, et apparemment, personne n'avait envie de réviser son opinion. Une question de dynamique, sans doute, ou d'habitude, tout simplement.

Peu importait, après tout, se résigna-t-il. Leur opinion à ce sujet lui faisait une belle jambe, tant qu'ils le respectaient en tant que joueur.

— Eh oui, petit malin, rétorqua-t-il. Je connais son nom, figure-toi.

Mais pas son numéro de téléphone.

Mais ce dernier détail, il comptait le garder pour lui, d'autant plus qu'il n'arrivait pas à comprendre pourquoi le refus de Hayden de lui donner son numéro le taraudait autant. D'autant plus encore qu'il n'en revenait pas des propos qu'elle avait tenus pour justifier son attitude. « Je pense que ce serait mieux de ne pas se revoir, lui avait-elle dit. J'ai passé un moment génial, mais je préfère en rester là. J'espère que tu comprendras. »

Combien de fois avait-il rêvé d'entendre un discours pareil dans la bouche d'une femme ? Innombrables étaient les occasions où il avait dû se casser la tête pour éconduire gentiment des filles qui cherchaient à le revoir après avoir partagé son lit une nuit. Et ce matin, Hayden lui avait servi un concentré parfait de ce qui avait été sa propre démarche face au sexe des années durant. Une seule nuit, pas d'attentes, rien d'autre. A une autre époque, il lui aurait envoyé des fleurs ou une corbeille de fruits avec un petit mot pour clore leur relation dans les formes.

Mais à présent, il cherchait quelque chose de plus. Et c'était précisément pour cette raison qu'il avait suivi Hayden à son hôtel : son instinct lui disait qu'elle saurait lui donner ce « plus » dont il rêvait. Un professeur sexy qui détestait les sports et le rendait fou de désir, au point qu'il avait envie d'écrire au reporter de *Sports Illustrated* pour lui donner le scoop du mois : *Brody Croft ne préfère plus les blondes.*

— J'espère que tu ne t'es pas épuisé à la tâche, commenta Becker. Nous ne pouvons pas nous permettre de foirer ce soir, les play-offs en dépendent.

— Eh, les mecs, vous avez lu le journal ce matin ? demanda Jones de but en blanc. Il y avait encore un papier sur les accusations de tricherie qu'avait lancées la femme de Houston. Comme si l'un de nous allait se rabaisser à prendre de l'argent pour perdre. Pétard, j'ai envie de tapisser en papier toilette la villa de cette gonzesse pour me venger du tort qu'elle nous cause.

— Jones, les grandes personnes ne font pas ce genre de farces, répondit Brody, sans pouvoir pour autant s'empêcher de rire.

— Nan. Tu dis ça, mais tu aimes mes blagues, protesta son jeune collègue. Vous avez tous ri lorsque j'ai changé les jambières d'Alexi pour une paire de jambières *Hello Kitty* roses.

De l'autre bout du vestiaire, Alexi leva un gros doigt à son intention.

— Du calme, les enfants, intervint Becker, avant de se tourner vers Brody. Que penses-tu de ce que dit la presse ?

— Je refuse de croire que quiconque dans cette équipe ait

pu se laisser soudoyer. J'aurais besoin de preuves solides avant d'accorder le moindre crédit à ces journaleux.

— Presley est un mec bien, il n'arrangerait jamais une rencontre, ajouta Jones. D'ailleurs, ce que j'aimerais savoir, c'est s'il y a du vrai dans les rumeurs qui accusent Mme Houston de s'envoyer en l'air avec l'un de nous.

Pardon ?

Brody écarquilla les yeux. Il n'avait encore rien lu à ce sujet, mais il trouvait aussi absurde qu'improbable que la femme du patron ait une affaire avec l'un de ses coéquipiers. Et inquiétant, quoi qu'il en soit. L'effet boule de neige de ce scandale prenait des proportions alarmantes : matchs arrangés, paris illégaux et maintenant, adultère. Rien de bon ne pouvait sortir de ce mélange.

— Avoue, Brody. C'est toi, l'amant de la patronne, plaisanta Jones.

— Chou blanc, mon pote. Je te file mon billet que c'est Topas, rétorqua-t-il, en lançant un clin d'œil à l'ailier droit, un géant russe qui avait gagné la médaille d'argent avec l'équipe de son pays aux derniers jeux Olympiques.

Et qui était, aussi, l'un des rares joueurs de la Ligue à afficher sans ambages son homosexualité.

— Très drôle, lui répondit celui-ci.

L'arrivée du capitaine des Warriors, Craig Wyatt, mit fin à leur bavardage. Sa présence massive ainsi que la froideur hiératique de son expression faisaient de lui un adversaire redoutable. Comme d'habitude, il commença à donner ses instructions pour le match imminent sans autre préambule. Ce n'était pas étonnant qu'on l'ait surnommé l'Impassible, songea Brody, qui n'avait jamais vraiment sympathisé avec lui. Il préférait, et de loin, frayer avec des types détendus et ouverts comme Becker ou Jones.

Il cessa très vite d'écouter la harangue du grand blond pour ressasser encore sa conversation du matin avec Hayden. Même s'il avait plus d'une fois soutenu qu'une nuit de sexe torride ne scellait pas une relation, il n'arrivait pas à se résoudre à se plier à sa demande.

D'ailleurs, il n'allait pas le faire.

Il n'avait pas son numéro, certes, mais il avait son adresse. Et après le match, décida-t-il, il allait lui rendre visite pour continuer ce qu'ils avaient commencé.

Ne disait-on pas que la chance souriait aux audacieux ?

— On n'est pas les plus malheureux, hein, ma petite fille chérie ? s'exclama Presley Houston en rejoignant Hayden vers la baie vitrée qui surplombait la piste de glace.

Hayden sourit poliment à son père en acceptant la bouteille d'eau qu'il lui tendait. Par chance, ce soir, personne ne partageait avec eux la loge du propriétaire, songea-t-elle, soulagée. Lorsqu'elle se retrouvait au milieu des collègues et amis de son père, elle se sentait comme un dauphin enfermé dans un aquarium marin, obligée de sourire et faire la belle alors que sa seule envie était de briser le verre pour s'échapper vers le monde de silence auquel elle appartenait.

— As-tu regardé quelques matchs à San Francisco ? demanda Presley, en lissant les revers pourtant impeccables de son coûteux costume Armani gris.

— Non, papa.

— Comment diable est-ce possible ?

« Euh, parce que je déteste le hockey de tout mon cœur ? »

— Je n'ai pas le temps. Ce semestre, j'avais quatre cours différents à préparer.

Son père lui ébouriffa les cheveux, un geste qui ne manquait jamais de l'attendrir, car il la ramenait à l'époque où ils étaient encore très proches. Avant les Warriors. Avant Sheila, aussi.

Elle soupira. Son père était un homme plein de charme. Son énergie inépuisable et son regard intelligent et un brin malicieux donnaient à quiconque l'approchait l'impression d'être son meilleur ami. C'était probablement pour cela que ses joueurs l'adoraient et, sans aucun doute, la raison pour laquelle elle l'avait si longtemps adoré sans réserve. Et non pas parce qu'elle le croyait parfait, non. Elle avait trop souffert à cause de sa passion pour le sport pour l'idéaliser, mais il avait su être là quand il le fallait, en l'aidant dans ses devoirs, en l'inscrivant à des stages de peinture, et en prenant soin d'elle de son mieux.

Ce qui la blessait en réalité, songea-t-elle, c'était que son père ne se soit pas aperçu du gouffre qui s'était creusé entre eux. Non pas qu'elle se soit attendue à vivre en osmose avec lui à jamais. Elle menait désormais sa propre vie d'adulte, mais leur vieille complicité lui manquait et il lui était douloureux d'accepter que son père l'ait reléguée à un second plan depuis plus de sept ans.

— Ma chérie, le moment est peut-être mal choisi, mais je dois te demander quelque chose…, déclara son père, sans la regarder dans les yeux. Je…

Elle attendit qu'il continue, en l'observant avec attention. Il avait pris un coup de vieux depuis Noël, observa-t-elle. Ses tempes s'étaient garnies de cheveux blancs qui n'étaient pas là auparavant, et sa bouche de plis qu'elle ne lui connaissait pas.

— En fait, une des raisons pour lesquelles je t'ai fait venir, c'est que… je veux te demander de faire une déposition devant la justice.

— Quoi ? s'étrangla-t-elle. Pourquoi ?

— Tu étais l'un des témoins le jour où nous avons signé

le contrat de mariage, expliqua son père avec un ton d'une gentillesse extrême. T'en souviens-tu ?

Comme si elle avait pu l'oublier ! Ce jour-là, elle avait rencontré pour la première fois sa future belle-mère qui n'avait que deux ans de plus qu'elle. Et même si Sheila avait toujours prétendu épouser son père par amour, et seulement par amour, Hayden n'avait jamais pu se départir de sa méfiance initiale. Pour elle, la jeune femme se mariait avant tout avec la fortune du propriétaire des Warriors.

Ses soupçons avaient été confirmés lorsque, trois mois après leurs noces, Sheila avait persuadé son père d'acheter une propriété d'un luxe faramineux car la suite de l'hôtel « n'était pas une véritable maison », un yacht « parce que prendre l'air du large leur ferait du bien » et une garde-robe mirobolante « car l'épouse d'un homme aussi important devait lui faire honneur ». Hayden préférait ignorer quelle somme d'argent son père avait dépensée lors de sa première année de mariage, mais ce dont elle était certaine, c'était qu'avec son salaire de serveuse, Sheila ne serait pas, de toute sa vie, parvenue à en gagner autant. Et elle ne risquait pas de le faire, puisqu'elle n'avait plus travaillé depuis, et passait ses journées à dépenser dans les boutiques l'argent de son mari.

— Suis-je vraiment obligée de prendre part à ça, papa ? demanda-t-elle avec un soupir.

— Ce n'est qu'une déposition, ma chérie. Tout ce que tu auras à faire, c'est de déclarer sous serment que Sheila se trouvait en pleine possession de ses capacités mentales lorsqu'elle a signé le contrat, expliqua-t-il avec un ricanement amer. Elle prétend qu'elle a agi contrainte et forcée.

— Oh, papa, papa. Mais pourquoi as-tu épousé cette femme ?

Sa question demeura sans réponse, mais elle ne lui en tint

pas rigueur. C'était un homme très orgueilleux qui n'admettrait pas plus ses erreurs qu'il lui était possible de porter un enfant dans son ventre.

— Ça ne va pas finir au tribunal, n'est-ce pas ? dit-elle, l'estomac retourné à cette seule idée.

— J'en serais étonné, la rassura son père, en lui caressant de nouveau les cheveux. Mon avocate pense que nous pourrons parvenir à un arrangement à l'amiable. Et Sheila finira par lâcher l'affaire. Un jour ou l'autre, elle se fatiguera.

Hayden en doutait, mais elle préféra passer ses craintes sous silence pour ne pas abattre son père davantage. Elle pouvait percevoir à quel point il se sentait frustré et impuissant. Et s'il y avait une chose que Presley Houston détestait par-dessus tout, c'était de subir les événements. Elle pressa le bras de son père avec tendresse.

— Mais regarde-moi cette équipe ! Tes hommes ont l'air en pleine forme, commenta-t-elle pour changer de conversation.

Elle n'avait aucune idée quant aux qualités de l'équipe en question, mais ses paroles eurent l'effet escompté. Son père souriait de nouveau.

— Tu as remarqué, hein ? Wyatt et Becker ont fini par trouver leurs marques ensemble. Pourtant, ce n'était pas gagné d'avance.

— Pourquoi ? Ils ne s'entendent pas bien ? continua-t-elle, comme si elle savait parfaitement qui étaient ces deux types.

— Tu sais comment c'est, ma chérie, dit son père, en prenant une longue gorgée de bourbon. Ce sont des mâles alpha, qui se cognent la poitrine comme des gorilles en disant « c'est moi le plus fort ». La Ligue n'est rien d'autre qu'un affrontement d'ego masculins surdéveloppés.

Elle décida alors de mettre sur le tapis la question qui la taraudait depuis la veille.

— Papa, j'ai lu hier dans le journal…, commença-t-elle, en hésitant sur les termes à employer. Cet article à propos de paris illégaux… Tout est faux, n'est-ce pas ?

— Evidemment ! fulmina son père. Des calomnies. Un tas de mensonges.

— Donc je n'ai pas à m'en inquiéter ?

— Absolument pas, répondit-il, en entourant ses épaules d'un bras protecteur. Fais confiance à ton vieux père.

— Bien sûr.

Une ovation assourdissante interrompit leur conversation, et Presley se leva pour saluer, sourire éclatant et pouces vers le haut. La caméra de télévision au bout d'une grue balaya la baie vitrée à ce moment-là.

— On a gagné ? demanda-t-elle en se sentant stupide de poser une telle question, et encore plus stupide à cause de son ignorance.

— Pas encore, dit son père, en riant. Restent encore cinq minutes rapportées du troisième tiers. Mais lorsque le match sera fini, on ira faire un tour en bas, d'accord ? On a fait beaucoup d'améliorations depuis ta dernière visite. Ça te dit ?

— Excellente idée, mentit-elle.

Brody écarta la serviette qui ceignait sa taille et regarda le bleu qui était en train de se former sur son flanc droit et serra les dents. Ça faisait très mal. Comme c'était à prévoir, il payait les conséquences du marquage musclé que lui avait imposé cette brute épaisse de Valdek au début du second tiers. Quel homme retors !

— Tu aurais pu nous épargner ce penalty à la noix, Jones, grommela Wyatt à l'intention du benjamin de l'équipe.

Brody leva la tête, étonné. Le capitaine ne perdait jamais son calme olympien, et il était rare qu'il exprime son courroux sur un ton si agressif. Il se demanda ce qui pouvait bien arriver à Wyatt, mais, comme à son habitude, il se garda de se mêler à un différend qui ne le concernait pas directement. Les joueurs de hockey étaient programmés pour la bagarre, et la moindre discussion pouvait très vite dégénérer.

— De quoi te plains-tu ? s'agaça Derek, en roulant les yeux. On l'a gagné ce fichu match, non ?

— Mais ils auraient pu partir avec un score de zéro, rétorqua Wyatt. Grâce à ta faute. Nous avons deux matchs d'avance, mais il nous en reste encore deux autres à gagner pour passer les play-offs. On n'a pas droit à l'erreur, fulmina l'Impassible, avant de quitter les vestiaires en claquant la porte.

Brody haussa les épaules pour répondre au regard excédé de Jones qui cherchait sa complicité et fourra sa tenue trempée dans son casier, soudain pressé de vider les lieux.

Il consulta sa montre. Il était presque 22 heures. C'était sans doute trop tard pour aller sonner à la porte de Hayden, songea-t-il, de la même façon que c'était un geste inconvenant. Mais que diable, il n'avait jamais été trop à cheval sur les formes. Il n'avait pas réussi à ôter cette femme de ses pensées de toute la journée, et il ne pouvait plus attendre pour la voir de nouveau.

— A plus, les gars, lança-t-il sans plus s'attarder.

La porte se ferma derrière lui et il marcha dans le couloir sans lever la tête jusqu'à ce qu'il se heurte contre une silhouette féminine tout en courbes.

— Excusez-m…

La phrase resta inachevée lorsqu'il identifia la femme qu'il venait de bousculer.

Ce n'était pas juste « une femme », mais « la » femme qui l'avait fait ruminer — et excité aussi — toute la journée. Son étonnement laissa vite la place à une vague de satisfaction.

— Toi, murmura Hayden, sidérée.

— Moi, confirma-t-il, en la regardant de la tête aux pieds.

Ce soir, elle portait une chemise blanche immaculée et une jupe verte qui lui arrivait en dessous du genou. Rien à voir, songea-t-il, avec la décontraction de sa tenue de la veille. Ainsi habillée, elle ressemblait beaucoup plus à l'image qu'il se faisait d'un professeur bien sage, et beaucoup moins à la femme passionnée qui avait crié tant de fois son nom la nuit dernière. Le changement était déconcertant.

— Qu'est-ce que tu… tu es…, balbutia-t-elle, les yeux rivés à la porte du vestiaire. Tu joues chez les Warriors ?

— C'est exact, dit-il, en haussant un sourcil. Mais j'avais cru comprendre que tu détestais le hockey.

— C'est vrai. Je…

Et que faisait-elle dans cette partie du stade ? Personne n'avait le droit d'y accéder, à moins de faire partie de l'entreprise.

— Désolé de t'avoir fait attendre, ma chérie. On continue la visite ?

Cette voix de stentor ne pouvait appartenir qu'à une personne, pensa Brody. Et comme il s'y attendait, le propriétaire de l'équipe apparut aussitôt au bout du couloir.

— Bien joué, Croft ! s'exclama son patron en le voyant. Beau match.

— Merci, Pres, répondit-il, sans savoir quoi penser.

Hayden et Presley Houston. Ensemble. Comment était-ce possible ? Et il l'avait appelée « ma chérie », réalisa-t-il alors, en sentant un élan de jalousie lui brûler les tripes. Oh, non. Ce n'était pas possible. Il n'avait pas couché à son insu avec la maîtresse du patron. Si ?

Il sentit la colère l'envahir, et il eut envie d'étrangler cette femme qui l'avait invité sans ambages dans son lit alors qu'elle était de toute évidence engagée ailleurs. Il serra les poings pour contenir son courroux. Lequel tomba comme un soufflé lorsque Presley ajouta :

— Je vois que tu as fait connaissance avec ma fille, Hayden.

4.

Brody ? Que diable faisait-il là ? Et, pourquoi n'avait-il pas mentionné la veille qu'il jouait pour les Warriors ? se demanda Hayden, complètement déstabilisée. Elle secoua la tête. Peut-être que son imagination lui jouait un mauvais tour en lui faisant croire qu'elle avait sous les yeux le corps magnifique de Brody et son visage renversant, songea-t-elle un instant.

« Ce n'est pas une hallucination, Hayden. Tu vas devoir l'affronter pour de bon. »

D'accord. Son amant d'une nuit était bel et bien présent, en chair et en os, et plus sexy que jamais.

Il se trouvait, en sus, qu'il était l'un des joueurs de l'équipe de son père. Et s'il était peu probable que dormir avec la fille du patron soit contraire aux règles de la Ligue, il était en revanche peu souhaitable que cela se sache, pensa Hayden, compte tenu des rumeurs qui couraient en ce moment autour de son père et du club.

Apparemment, Brody partageait son avis.

— Enchanté, Hayden, dit-il d'une voix neutre qui ne laissait pas deviner qu'ils avaient déjà fait connaissance.

— Très heureuse de vous rencontrer.

Très heureuse ? C'était bien cela qu'elle venait de dire ? L'étincelle amusée qui éclaira les yeux de Brody lui confirma qu'en effet, elle s'était fendue d'une formule aussi empruntée que désuète.

— Ma fille est venue de San Francisco me rendre visite, expliqua Presley, en ajoutant d'un ton de fierté : Elle est professeur d'art à Berkeley.

— Histoire de l'art, papa, corrigea-t-elle.

— C'est du pareil au même, non ? répondit son père, en haussant les épaules.

— Et vous jouez dans quelle position ? demanda-t-elle en s'adressant à Brody d'une voix polie.

— Brody est notre ailier gauche, expliqua Presley sans laisser au concerné le temps de répondre. L'une de nos étoiles montantes.

— Quelle chance pour l'équipe, complimenta-t-elle.

— En effet, intervint son père une fois de plus. N'est-ce pas, Brody ?

Mais avant que celui-ci ait pu placer un seul mot, Presley fut distrait par l'arrivée de quelqu'un d'autre.

— Tiens, voilà Stan. Excusez-moi un instant, dit-il, en s'élançant vers le fond du couloir.

— Ne lui en veux pas, dit-elle à Brody avec un sourire lutin. Il accapare souvent la conversation pour ensuite filer sans écouter son interlocuteur. Mais tu dois le savoir déjà, vu que tu joues pour lui.

Elle finit la phrase d'un ton plus dur qu'elle ne le voulait.

— Est-ce que cela te pose un problème ? s'enquit Brody avec précaution.

— Bien sûr que non, mentit-elle. Pourquoi serait-ce un problème ?

— Je n'en sais rien. A toi de me le dire.

— Je… Je préférerais que tu ne parles pas à mon père de… de ce qui s'est passé hier entre nous.

— Ah, tu t'en souviens, quand même, la provoqua-t-il, ses yeux de nouveau éclairés par l'amusement. Je commençais à croire que tu avais complètement oublié.

Comme si une telle chose était possible ! Elle avait passé toute la journée à penser à lui et à sa langue prodigieuse.

— Non, je n'ai pas oublié. Mais cela ne veut pas dire que je voudrais recommencer.

— Pourtant je pense que c'est le cas.

L'arrogance de son ton l'agaça et l'excita tout à la fois. Nom de nom, mais comment ne s'était-elle pas aperçue la veille qu'il était un joueur de hockey ? Cet homme était l'incarnation parfaite du sportif professionnel. Il était insolent et culotté, et tout dans son attitude criait que c'était le genre d'homme à savoir ce qu'il voulait et comment l'obtenir.

Et ce qu'il voulait en cet instant, aussi incroyable que cela puisse lui paraître, c'était, de toute évidence, elle-même.

— Brody…

— Ce n'est pas la peine de le nier, beauté. Hier soir, j'ai bousculé tes repères, et tu meurs d'envie de recommencer.

— Rien n'est plus charmant qu'un homme avec un ego bien étayé, ricana-t-elle.

— Tu es mignonne quand tu ris.

— Ne me dis pas que je suis « mignonne ».

— Pourquoi ?

— Parce que j'ai horreur de ça. Les bébés et les chatons sont mignons. Je suis une femme adulte. Et arrête de me regarder comme ça.

— Et comment je te regarde ? s'enquit-il d'un ton innocent.

— Comme si tu étais en train de m'imaginer nue.

— Je ne peux pas m'en empêcher. Je suis en train de t'imaginer nue, murmura-t-il d'une voix brûlante.

Hayden sentit une coulée de lave enflammer le bas de son ventre, et elle dut se retenir pour ne pas serrer les jambes. Il ne fallait surtout pas qu'elle lui donne à comprendre qu'il lui faisait un effet dément.

— Prends un verre avec moi ce soir, dit-il de but en blanc.

— Non.

La sécheresse de sa réponse la surprit elle-même. Le visage de Brody se crispa en une expression de frustration. Il s'approcha d'elle. Elle lança un regard en coulisse vers son père, qui, heureusement, se trouvait complètement absorbé dans sa conversation avec Stan Gray, l'entraîneur des Warriors. Mais malgré cela, elle se trouvait fort embarrassée d'entretenir une conversation de cet acabit à quelques mètres de son géniteur.

Et que Brody soit si appétissant avec son pantalon en laine gris et ce pull moulant n'arrangeait pas ses affaires. Et ses cheveux mouillés. Mmm. Rien que l'imaginer nu sous la douche la mettait déjà dans tous ses états.

— Juste un verre, insista-t-il avec son sourire de mauvais garçon. Tu sais, au nom du bon vieux temps.

— Nous ne nous connaissons que depuis vingt-quatre heures, s'exclama-t-elle, sans pouvoir s'empêcher de rire.

— Vingt-quatre heures du tonnerre, cependant, rétorqua-t-il, en se penchant sur elle pour parler à seulement quelques centimètres de son oreille. Combien de fois as-tu joui hier, Hayden ? Trois ? Quatre ?

— Cinq, avoua-t-elle, en regardant aussitôt autour d'eux pour s'assurer que personne n'écoutait.

Tout son corps était déjà en émoi. Elle sentit ses seins se dresser et son sexe devenir moite. Elle n'aurait jamais pu imaginer qu'elle pouvait atteindre un tel état d'excitation au beau milieu d'un couloir plein de gens, dont son père. Elle rougit, troublée.

— Cinq, répéta-t-il avec un hochement de tête. Je n'ai pas perdu la main.

Oh, le crâneur ! pensa-t-elle. Pourtant… il n'avait pas tort. Elle n'avait qu'une envie, et c'était de lui arracher ses vêtements et de le manger tout cru.

Sauf qu'elle ne le ferait pas. Non. Coucher de nouveau avec Brody serait une erreur colossale. La veille, lorsqu'il n'était qu'un inconnu séduisant, elle avait découvert qu'il était d'une simplicité enfantine de l'inviter à son hôtel. Mais aujourd'hui, le jeu se corsait. D'autant plus qu'il était joueur de hockey. Et elle avait grandi entourée d'hommes comme lui et elle connaissait sur le bout des doigts leur vie : toujours en voyage, poursuivis par la presse, harcelés par des femmes désireuses de coucher avec une célébrité.

Puis, il était trop arrogant, trop charmeur et… trop gonflé. Et elle avait décidé, une fois pour toutes, que plus jamais elle ne se laisserait embarquer dans une histoire avec un mauvais garçon. Elle en avait eu sa claque lorsque Adam, l'homme avec qui elle sortait avant Doug, l'avait quittée le jour de son anniversaire parce que « la fidélité entravait ses mouvements ». Fin de citation. Et aussi, fin des histoires malheureuses avec des hommes peu fiables.

Pourquoi était-elle si peu douée pour jauger les hommes ? se demanda-t-elle soudain. Et pourquoi était-il si difficile de rencontrer quelqu'un avec qui construire une vie ? Une maison, un couple solide malgré les hauts et les bas, une vie sexuelle épanouie… Etait-ce vraiment trop espérer ?

— Pourquoi tiens-tu tant à me revoir ? demanda-t-elle soudain à Brody. Je t'ai dit ce matin que je voulais en rester là.

— Et que fait-on de ce que je veux ?

Trop opiniâtre, aussi, elle avait oublié ce trait de caractère. Elle décida de jouer la carte de la franchise.

— Ecoute, ma vie est assez compliquée en ce moment. Je suis revenue à Chicago pour soutenir mon père qui vit un moment difficile et ce n'était pas à l'ordre du jour de débuter une liaison avec quelqu'un.

— Tu t'es bien liée avec moi, hier soir, dit-il en lui décochant un clin d'œil. Et tu ne peux pas nier que tu as aimé, Hayden.

— Mais je ne nie pas, siffla-t-elle.

— Alors, où est le problème ?

— Le problème est que je voulais une aventure d'une nuit. Et dans mes plans, je n'avais pas prévu de te revoir.

— Plans ou… fantasmes ? s'enquit-il lentement. Je me trompe ? Tu voulais passer une nuit torride avec un inconnu, et maintenant que c'est fait, tu ne veux plus rien savoir ? Je ne suis pas en train de te juger, au contraire. Je suis en train de te dire que tu pourrais aller jusqu'au bout de *tous* tes fantasmes.

Le mot « fantasme » dans sa bouche prenait une dimension fascinante. Elle se retrouva soudain à songer à d'autres fantasmes qu'elle pourrait réaliser avec lui. Jeux de rôles ? Bondage ? Rien qu'en y pensant, elle sentait le feu lui monter aux joues. Brody attaché à la tête du lit, et elle le chevauchant alors qu'il était immobile…

Non, non et non. Elle n'allait pas se laisser convaincre par ses chants de sirène. Et il fallait absolument qu'elle arrive à contrôler l'influence que cet homme exerçait sur ses instincts sexuels.

— D'après moi, tu as deux façons de t'en tirer, dit-il. Une très simple, et une autre… beaucoup plus compliquée.

— J'ai hâte de t'entendre me raconter ma vie.

— Le sarcasme te sied mal, dit-il tout en souriant. Donc, dans l'option simple, nous irions boire un verre au Lakeshore Lounge, un endroit tout à fait recommandable.

— Hors de quest…

Il leva une main pour l'interrompre.

— Tu n’as pas entendu la suite, protesta-t-il. Et si tu ne saisis pas ta chance de faire simple, les choses pourraient devenir plus… dures.

Cet homme était un véritable démon, pensa-t-elle, sans pourtant pouvoir s’empêcher de regarder vers son ventre. Il ne plaisantait pas, comprit-elle, en devinant sur son pantalon le renflement d’une érection plus que naissante. C’était en effet très dur… d’y résister. Mais elle devait tenir bon.

— Ton entêtement à me refuser un verre, en tout bien tout honneur, me blesse profondément. C’est même vexant, continua-t-il, ironique. Et d’ailleurs, ton père s’apprête à nous rejoindre. Tiens, il est en train de serrer la main de Stan. Dans un instant, il arrivera vers nous. Juste à temps pour t’entendre me dire « non ». Et il va vouloir savoir de quoi nous parlons… Et je suis certain que, comme moi, tu n’as pas envie qu’il découvre le pot aux roses.

Elle se retourna vers son père, qui, en effet, revenait vers eux. Génial. Même si son père n’était pas du genre à imaginer qu’à vingt-six ans, sa fille était encore vierge, elle préférait éviter qu’il soit au courant des péripéties de sa vie sexuelle. Surtout si un de ses hommes était impliqué. Il l’avait souvent sermonnée à propos de la nature turbulente et peu fiable des joueurs de hockey, notamment lors de sa dernière venue à Chicago, quand un joueur de l’équipe adverse l’avait draguée après un match. Alors qu’elle l’avait éconduit sans hésiter, son père avait trouvé opportun tout de même de lui rappeler qu’il ne souhaitait pas voir sa fille frayer avec « ces brutes épaisses ».

Ce n’était pas la peine de le charger avec un souci supplémentaire, se dit-elle. Il en avait assez avec son divorce et les colportages de la presse.

— Dis-moi, Hayden, acceptes-tu de boire un verre avec moi ?

Elle sentit son pouls s'accélérer, car elle savait que, si elle acceptait, il y avait de fortes chances pour qu'ils n'arrivent même pas à le boire, ce verre. Dès qu'ils se trouveraient en tête à tête, Brody allait glisser sa main sous son chemisier pour caresser ses seins et l'embrasser dans le cou comme hier lorsque…

— D'accord. Un verre, répondit-elle brusquement, en s'en voulant terriblement de céder, contre tout bon sens, à la pression de ses hormones survoltées.

Oh, Dieu, comment en était-elle arrivée là ?

Brody rit doucement, les mains nonchalamment enfoncées dans les poches, l'image même du crâneur sûr de lui.

— Je savais que tu finirais par te ranger à mon avis, conclut-il, avec un sourire de triomphe.

Le Lakeshore Lounge était l'un des rares clubs de la ville à jouir d'une ambiance feutrée. Dans la salle à la décoration élégante et minimaliste, les tables se trouvaient assez éloignées les unes des autres pour permettre aux clients de discuter sans entendre leurs voisins, tandis qu'une lumière diffuse apportait une touche sensuelle à l'ensemble. C'était aussi le genre d'endroit où l'on exigeait des clients masculins qu'ils portent une veste.

Heureusement, Ward Dalton, le propriétaire, était un fan des Warriors, et notamment de leur ailier gauche, pensa Brody lorsque le patron lui serra chaleureusement la main en choisissant de fermer les yeux sur sa tenue décontractée.

Dalton les guida vers le fond de la salle et les installa à une table dissimulée derrière deux immenses palmiers d'intérieur au feuillage luxuriant. Un serveur apparut aussitôt et prit leur commande avec une déférence silencieuse.

Brody observa l'adorable visage de Hayden, dont l'expression trahissait l'étonnement.

— Quelque chose ne va pas ? demanda-t-il.

— Non, je suis juste un peu… surprise. Lorsque tu m'as proposé de prendre un verre, j'ai pensé que…, commença-t-elle, avant de continuer, ses joues en feu encore une fois : Rien, en fait. Oublie.

— Tu croyais que je te conduirais directement à ton hôtel pour continuer ce qu'on a commencé hier ?

— A vrai dire, oui.

— Désolé de t'avoir déçue, dit-il, avec un trait d'ironie.

— Je ne suis pas déçue, se pressa-t-elle de répondre. Au contraire, j'en suis plutôt contente. Comme je te l'ai dit, je ne veux pas me lancer dans une relation en ce moment.

Son ton catégorique l'agaça. Il n'arrivait pas à comprendre pourquoi Hayden se privait de recommencer l'expérience de la veille. Ils s'étaient tellement bien entendus entre les draps !

Par ailleurs, il ne savait pas non plus si c'était vrai qu'elle ignorait son identité lorsqu'elle s'était approchée de lui. Son père était Presley Houston, bon sang ! Elle n'avait pas à suivre de près le Championnat pour en connaître les joueurs, *a fortiori* ceux de l'équipe de son père. Pourtant, son expression de surprise lorsqu'ils s'étaient revus au stade ne pouvait pas être feinte. Son étonnement avait été sincère, il en était certain. Sans parler de son regard sidéré.

Non, définitivement, c'était le hasard qui les avait réunis.

Ce qui lui assurait, en plus, qu'elle s'était intéressée à Brody Croft, l'homme, et non au sportif d'élite. Mais cela aussi soulevait une nouvelle question : pourquoi alors refusait-elle de sortir avec lui ? Justement, parce qu'il était joueur de hockey professionnel, ou pour une autre raison ? Ou, pire, pour quelqu'un d'autre ?

Il serra les dents en envisageant cette dernière possibilité.

— Pourquoi, au juste, refuses-tu de me donner une chance ?

demanda-t-il calmement. Il y a d'autres raisons que les soucis de ton père, n'est-ce pas ?

La façon dont Hayden fixait la bougie au centre de la table, comme si c'était l'objet le plus fascinant de la terre, lui parut une confirmation à ses soupçons.

— As-tu un mari qui t'attend, là-bas en Californie ? s'enquit-il, sans pouvoir s'empêcher d'adopter un ton accusateur.

— Bien sûr que non ! répondit Hayden, scandalisée.

— Un fiancé ? insista-t-il, un peu rassuré.

Elle secoua la tête.

— Un petit ami ?

— Non, répondit-elle, sans le regarder. Je veux dire, oui. Enfin, en quelque sorte. Je sortais avec quelqu'un, mais en ce moment, nous faisons un… une pause.

— Le style de pause qui donne le droit de coucher ailleurs ?

Il s'étonna lui-même de son insistance. Après tout, ils n'avaient passé qu'une nuit ensemble, songea-t-il, il n'avait aucun droit de demander des comptes à cette femme.

— Je crois t'avoir déjà dit que ma vie était assez compliquée en ce moment, dit-elle, irritée. Je remets beaucoup de choses en cause, j'ai besoin de réfléchir à l'avenir.

Le serveur arriva alors avec son gin tonic et le verre de vin blanc que Hayden avait commandé, avant de repartir diligemment, comme s'il avait deviné qu'une affaire de la plus haute importance se jouait à leur table.

— Et ce copain, en principe, fait-il partie de ton avenir ? demanda Brody, pensif.

— Je… je ne sais pas.

Sa réponse hésitante et l'expression confuse qui l'accompagnait suffirent à Brody. Si Hayden avait exprimé un amour profond et sincère pour cet autre homme, il aurait jeté l'éponge, car il n'était pas du genre à se battre pour une femme engagée ailleurs. En revanche, si elle n'aimait pas ce type, songea-t-il, il était de bon aloi de tenter de la séduire. Et face à un tel défi précisément, il était homme à donner le meilleur de lui-même.

Il porta son verre à ses lèvres et en sirota une gorgée sans cesser de la regarder. Malgré la coupe sage de son chemisier, elle était sexy en diable, d'autant plus qu'il pouvait deviner par transparence la dentelle de son soutien-gorge. Rien qu'en imaginant les délices qui se cachaient en dessous, son sexe se mit sur le pied de guerre.

— Nous n'allons pas remettre ça, affirma Hayden, le visage sévère, comme si elle avait deviné le cours que ses pensées avaient pris.

— On dirait que tu essaies de t'en convaincre toi-même, dit-il, en éclatant de rire.

— Nous avons couché ensemble, Brody, c'est tout, insista-t-elle, son visage délicat froissé par la frustration. C'était incroyable, je te l'accorde, mais ce n'était que du sexe. N'exagérons rien, la terre n'a pas tremblé, non plus.

— En es-tu certaine ? dit-il.

Ce disant, il bougea avec sa chaise, de sorte qu'ils ne se trouvaient plus face à face, mais côte à côte. Les mains de Hayden se mirent à trembler et la couleur de ses joues s'accentua. Nul besoin d'être fin psychologue pour deviner qu'elle était émoustillée, pensa-t-il, flatté de la voir si sensible à sa proximité.

— C'était plus que du sexe, Hayden, murmura-t-il, en se penchant pour lui parler à l'oreille. C'était un tsunami sexuel. Intense. Dévastateur. Et tu n'as jamais pris autant de plaisir, j'en mets ma tête à couper.

Elle déglutit ostensiblement.

— Brody…

Avec le bout de sa langue, il dessina le contour de son oreille. Elle se mit à trembler.

— Dis-moi si je me trompe, Hayden.

— D'accord, tu as raison, répondit-elle, furieuse. Es-tu content ?

— Pas tout à fait, susurra-t-il en glissant une main sous sa jupe.

Il remonta lentement les doigts sur sa cuisse jusqu'à frôler le tissu humide de sa culotte.

— Là, oui, je suis content.

Il observa la réaction de Hayden, dont le regard restait aux aguets, comme si elle s'attendait à voir le serveur surgir sans crier gare de derrière les palmiers. Mais la table était bien placée, et personne ne pouvait s'approcher sans entrer dans le champ de vision de Brody. Profitant de la situation, il passa sa main sous les fesses de Hayden pour l'attirer vers le bord de la chaise et pouvoir ainsi jouir d'un meilleur accès à son corps. Sans se départir de son sourire goguenard, il écarta sa culotte pour caresser directement la chair humide et chaude de son sexe. Il posa son doigt sur son clitoris enflé, tandis que le bruit doux des conversations provenant des tables voisines ajoutait à son excitation : c'était la première fois qu'il se livrait à ce jeu coquin dans un club huppé, où, de surcroît, ils pouvaient être surpris d'un moment à l'autre.

— Mais que fais-tu ? haleta Hayden.

— Tu sais bien ce que je suis en train de faire.

Il continua l'exploration de ce paradis humide avec des doigts fébriles. L'excitation évidente de Hayden envoya une décharge de plaisir dans son propre sexe. Il n'avait qu'une envie : ôter son pantalon et entrer en elle. Sur-le-champ. Mais cela devrait attendre, songea-t-il. Dommage.

— Brody… Il faut que tu… t'arrêtes, murmura-t-elle.

Sauf que la réaction de son corps clamait le contraire. Elle serra les genoux et il sentit son sexe se contracter autour de ses doigts en même temps qu'elle exhalait un gémissement à peine audible.

— Si je continue, tu vas jouir, n'est-ce pas, Hayden ?

Il jeta une œillade rapide vers la table la plus proche, en espérant que le couple qui s'y trouvait ne se soit pas aperçu de leurs agissements. Il n'avait aucune envie d'arrêter ce jeu.

— Brody, n'importe qui pourrait venir.

— Alors tu ferais mieux de te laisser aller pour en finir avant que cela n'arrive.

Sans cesser de la regarder, il glissa un doigt à l'intérieur de son corps, ne ratant pas une miette de l'expression de plaisir mortifié qui éclairait le visage de Hayden. Lui-même avait du mal à contrôler sa propre excitation, mais il ne comptait pas le lui montrer. L'idée était de l'obliger à reconnaître qu'elle mourait d'envie de coucher de nouveau avec lui, et non l'inverse.

Il continua à tracer des cercles aguichants sur son clitoris et la pénétra d'un deuxième doigt, en imprimant à ses mouvements une cadence d'une lenteur délibérée. L'envie de poser ses lèvres sur l'un de ses seins devenait si pressante qu'il dut serrer les dents pour se retenir de déchirer son chemisier et donner libre cours à ses désirs. A la place, il se concentra sur les réactions que ses caresses produisaient sur Hayden. Joues en feu et paupières closes, elle mordait sa lèvre inférieure, et il devina la lutte que sa volonté livrait contre son excitation. Finalement, elle serra ses cuisses en emprisonnant sa main et se laissa aller contre le dossier de son siège. Il la regarda, fasciné par le spectacle de sa poitrine agitée par une respiration chaotique, de ce corps secoué par les spasmes d'un orgasme silencieux mais apparemment renversant.

Au bout d'un long instant, Hayden rouvrit les yeux et soupira.

Ses mains, qu'elle avait gardées serrées, tremblèrent de façon incontrôlée et heurtèrent le verre à pied. Le liquide se répandit sur la nappe et la coupe roula sur la table jusqu'à éclater en mille morceaux sur le sol en marbre. Hayden sursauta brusquement, et son mouvement secoua la table, faisant tinter bruyamment les glaçons qui fondaient dans le long drink.

Du coin de l'œil, Brody aperçut le serveur qui se précipitait vers eux. Avec un rire dissimulé, il chercha le regard embarrassé et confus de Hayden et murmura :

— Auras-tu encore le culot d'affirmer que la terre n'a pas tremblé ?

5.

Quelque douze heures après avoir expérimenté son premier orgasme en public, Hayden poussa la porte de Rêves de Femmes, la très chic boutique de lingerie et propriété de Darcy. Elle avait un besoin urgent de parler à sa meilleure amie. Il n'y avait que Darcy avec sa tête froide et son habitude des aventures d'une nuit qui pourrait la ramener à la raison et l'empêcher de tomber de nouveau dans les bras de Brody Croft.

Le plus curieux, considéra-t-elle, confuse, c'était qu'il n'avait pas insisté pour rentrer avec elle après l'épisode brûlant au Lakeshore Lounge. Il avait payé leurs boissons et l'avait raccompagnée à sa voiture, en se contentant, à sa surprise, de la quitter sur un petit discours déconcertant auquel elle n'avait pas cessé de penser depuis.

« Maintenant, c'est à toi de jouer, Hayden. Si tu veux de moi, viens me chercher. »

Puis il était parti dans son 4x4 étincelant. Elle était restée un long moment assise au volant, en proie à une excitation sans précédent dans sa vie sexuelle. Elle ne comprenait plus rien : alors qu'elle s'était montrée disposée à passer la nuit avec lui, il avait refusé, sous prétexte qu'il ne pourrait pas supporter l'impression de lui avoir forcé la main.

Eh non ! Monsieur souhaitait que ce soit elle qui provoque

leur prochaine rencontre. Et à vrai dire, elle était terriblement tentée. C'est pourquoi elle avait besoin que Darcy lui ôte l'idée de la tête.

Une clochette carillonna lorsqu'elle passa le seuil de la boutique. Hayden regarda sans le voir un mannequin habillé d'une guêpière en dentelle noire et avança vers le comptoir derrière lequel se trouvait Darcy.

— Il est arrivé quelque chose d'affreux, annonça celle-ci aussitôt que Hayden fut à portée de voix.

— Ne m'en parle pas ! Si tu savais…

Mais en apercevant l'expression chagrinée qui assombrissait le visage de son amie, Hayden décida de laisser pour plus tard le récit de ses déboires. Son regard tomba alors sur un superbe bouquet de roses rouges et jaunes qui dépassait de la corbeille à papier.

— Courtoisie de Jason, expliqua Darcy avec un soupir excédé.

— Qui est ce Jason ?

— Je ne t'en ai pas parlé ? C'est le type que j'ai branché à mon cours de yoga. Un coach professionnel.

Comme s'il était possible de tenir un compte précis des hommes que Darcy « branchait », pensa Hayden, tout en se demandant comment son amie arrivait à passer d'une histoire à l'autre avec autant de légèreté.

— Et il t'a envoyé des fleurs ? C'est adorable, non ?

Darcy la regarda comme si elle venait de proférer une insanité.

— Adorable, mon œil ! As-tu oublié ce que je pense des fleurs ?

Sans attendre de réponse, Darcy traversa sa boutique pour tourner l'écriteau sur la porte afin d'afficher à l'extérieur le côté « Fermé ». Elle retourna vers Hayden accompagnée du cliquetis coquet de ses talons bobines, et l'invita d'un geste de la main à la suivre dans la zone d'essayage. Elles s'installèrent dans les fauteuils en velours rouge qui se trouvaient au centre des quatre cabines, et Hayden se servit dans le bol de bonbons que son amie laissait toujours à disposition des clients.

— Cette histoire de bouquet te chiffonne un peu trop, non ? demanda-t-elle.

Darcy la regarda d'un œil peu amène, bras croisés devant la poitrine et le visage presque aussi empourpré que sa flamboyante chevelure rousse.

— Evidemment que cela me chiffonne. Ce n'est pas normal.

— Non, c'est toi qui n'es pas normale. C'est une habitude très répandue que d'envoyer des fleurs à une femme. Tu ne peux pas reprocher à ce pauvre Jason de te les avoir offertes !

— Nous sommes allés boire un smoothie après le cours de yoga, et ensuite, nous avons un peu batifolé dans sa voiture en bas de chez moi, expliqua Darcy avec un grognement agacé. Qu'est-ce qui a pu lui laisser croire qu'il fallait m'envoyer un bouquet ?

— Et qu'est-ce qu'il a écrit sur la carte ?

— « J'espère te revoir bientôt. »

N'importe quelle autre femme aurait été touchée par un comportement pareil, pensa Hayden, en se gardant toutefois de le répéter à voix haute. Darcy ne pouvait même pas supporter l'idée d'une relation, et dès qu'un homme se montrait un tant soit peu disposé à s'engager, elle jouait les filles de l'air et s'oubliait dans une nouvelle aventure sans lendemain. Ce qui était dommage, à son avis. Ce Jason avait l'air d'être un aussi chic type que Doug.

Et zut ! Elle s'était promis de ne pas penser à Doug de la journée. Il lui avait laissé plusieurs messages auxquels elle n'avait pas donné de réponse. Ce n'était pas correct et elle le savait, mais elle n'arrivait pas à décrocher le téléphone pour lui parler. Qu'allait-elle lui dire ? Que moins d'une semaine après lui avoir demandé « un peu d'espace », elle avait couché avec un autre homme ? Elle se demanda quelle serait la réaction du très chic Doug en apprenant cela.

— Il va falloir que je me trouve un autre cours de yoga, marmonna Darcy, en s'agitant sur son siège comme un gosse ennuyé.

Hayden la regarda croiser et décroiser les jambes, le tout sans cesser de tambouriner avec ses ongles parfaitement manucurés sur l'accoudoir du fauteuil. Son amie était sur le point d'exploser, pas de doute. D'une minute à l'autre… Non, d'une seconde à l'autre. En fait, c'était parti…

— Mais qu'est-ce qu'ils ont, ces mecs ?! s'emporta enfin Darcy. Ils passent leur temps à dire que c'est nous qui cherchons à leur mettre le grappin dessus, ils se plaignent qu'on demande toujours plus d'attention, qu'on est obsédées par l'amour et le mariage ! Alors que, en réalité, c'est ça qu'ils veulent, eux. Ce sont eux qui sont pathétiques ! Depuis quand un jus de fruits et quatre baisers sur une banquette arrière sont un événement à marquer d'une pierre blanche, ou d'un bouquet de fleurs, je te le demande ?

Elle s'arrêta avec un soupir désabusé.

— Il va falloir que je lui explique une ou deux choses, déclara-t-elle d'un ton irréfutable, visiblement calmée.

— Tu devrais au moins le remercier pour les fleurs, commenta Hayden gentiment.

— C'est fait. Mais je vais encore l'appeler pour être certaine qu'il a compris que les choses n'iront pas plus loin entre nous. Comme tu l'as fait avec ton malabar de l'autre jour.

— A ce sujet… Tu ne vas pas le croire, dit-elle, avant de se lancer dans un récit succinct de sa rencontre avec Brody dans les couloirs du stade.

— Un joueur de hockey, rien de moins ? Tu as dû être enchantée, je parie, s'amusa Darcy. Tu l'as envoyé là-bas voir si tu y étais, j'imagine.

— Euh…

Darcy la regarda, bouche bée.

— Hayden Lorraine Houston ! Tu as récidivé avec lui, n'est-ce pas ?

— Pas tout à fait. J'ai simplement pris un verre avec lui.

— Et ?

Les yeux rivés au bol de bonbons, Hayden raconta ce qui s'était passé au Lakeshore Lounge. Darcy l'écouta, dépitée.

— Je n'ai pas su l'en empêcher et puis, je n'ai pas pu l'arrêter… C'était si bon…, murmura Hayden.

— Tu ne sais pas te tenir, ma pauvre fille, répliqua Darcy. Vas-tu le rappeler ?

— Je n'en sais rien. Pour être franche, j'en ai terriblement envie. Mais si je l'appelle, on va dépasser le cadre de l'aventure d'une nuit. Oh, mais pourquoi moi ? se plaignit-elle. Je voulais juste une bonne partie de jambes en l'air pour me changer les idées. Et maintenant je suis encore plus stressée qu'avant !

— Envoie-le promener. Tu as déjà ta dose de soucis pour te coltiner en plus un joueur de hockey arrogant.

— Tu parles ! Il a l'air très déterminé.

Le regard enflammé de Brody lorsqu'il l'avait fait jouir la veille revint à son esprit.

— Il me rend folle, Darce.

— Folle dans le bon ou le mauvais sens ?

— Les deux, répondit-elle, en secouant la tête. Lorsque je suis avec lui, je ne pense qu'à lui arracher ses vêtements, et lorsqu'il n'est pas là, je ne pense qu'à… lui arracher ses vêtements.

— Je ne vois pas alors où est le problème.

— C'est un joueur de hockey, pour commencer. Et tu sais ce que j'en pense : je n'ai pas la moindre intention de sortir avec un sportif professionnel. Je détestais quand papa était entraîneur. Pas de repères stables, pas d'amis. Ma seule copine de longue date, c'est toi, et encore, c'est grâce aux e-mails !

Elle reprit un bonbon qu'elle croqua avec rage.

— Je ne veux pas m'embringuer dans une histoire avec un mec qui passe la moitié de l'année en déplacement pour aller s'amuser sur la glace avec une crosse et un palet. Sans oublier qu'en plus de devoir soutenir mon père face au scandale et dans son divorce, Doug m'a appelée deux fois pour « parler de nous ». Ce n'est vraiment pas le moment d'entamer une relation par-dessus le marché, conclut-elle, en regardant son amie comme si elle la mettait au défi de la contrarier.

Ce que Darcy fit, comme il fallait s'y attendre.

— Si tu veux mon avis, tu te noies dans un verre d'eau, commença-t-elle, en rejetant en arrière ses cheveux.

— Je te remercie.

— Mais non. Ecoute : puisque tu ne vas pas rester à Chicago plus de deux mois, pourquoi ne profites-tu pas de ton séjour pour t'amuser au lit comme une petite folle ?

— Et ton sacro-saint principe d'une seule nuit ?

— Apparemment, ce n'est pas fait pour toi, dit Darcy, en haussant les épaules. Ce n'est pas noir ou blanc, aventure d'une nuit ou relation sérieuse. Il y a plein de nuances de gris entre les deux extrêmes.

— Du gris ?

— Oui, tu peux avoir avec lui une aventure, et on oublie le complément « d'une nuit ».

— Une aventure…, répéta Hayden, comme si elle pouvait mesurer la portée de l'idée d'après le son du mot.

Elle n'avait jamais été du genre à vivre une relation dans ces termes, mais encore une fois, elle n'avait jamais auparavant testé l'aventure d'une nuit. Et un petit interlude amoureux avec Brody pouvait s'avérer une expérience positive. Après tout, il ne l'avait pas demandée en mariage, pour autant qu'elle sache, il avait surtout envie de prolonger un peu plus leurs ébats torrides, aller au bout de quelques fantasmes…

Mais comment savoir que l'aventure n'allait pas déboucher sur quelque chose de plus compliqué ?

— Je ne sais pas, dit-elle. Je ne sais pas si j'ai la tête à ça, en ce moment. Cela dit, mon corps semble avoir un avis indépendant en ce qui concerne Brody…

— Alors, reprends le contrôle de ton corps, suggéra Darcy.

— Facile à dire. Et comment, d'après toi ?

— Je n'en sais rien. La prochaine fois que tu te sens sur le point de craquer pour lui, cherche un exutoire. Regarde un film érotique, par exemple.

— C'est ça, ta solution ? Louer un film porno ?

— Parfaitement, répondit Darcy avec un grand sourire. Au moins, tant que tu fantasmes sur d'autres mecs, tu ne penses pas à M. Hockey.

— Mouais. Comme si les stars du porno étaient mon type, ricana Hayden. Avec leurs muscles aux stéroïdes et leurs coupes ringardes…

— On voit bien que tu n'y connais rien en la matière. De nos jours, ces acteurs n'ont rien à envier aux acteurs du ciné grand public, crois-moi. Fais-moi confiance, fais couler un bain, regarde ton DVD et laisse-toi aller sans retenue. Tu oublieras même que Brody existe.

— Je crois que c'est la conversation la plus ridicule que nous ayons jamais eue, la coupa Hayden, en roulant les yeux. Quitte à regarder la télé, je préfère de loin voir le documentaire qui passe ce soir sur Van Gogh sur Biography Channel.

— Un type qui se coupe l'oreille n'est pas sexy !

— Le porno encore moins. Du moins, en ce qui me concerne, répondit-elle, avant de consulter sa montre. Oh, zut. Il faut que j'y aille. Je suis convoquée pour faire une déposition assurant que Sheila a signé le contrat de mariage de son plein gré.

— Veinarde. Dommage que j'aie oublié ma robe de bal à la maison, sinon je viendrais avec toi, plaisanta Darcy.

Elles s'avancèrent ensemble vers la sortie, et Darcy lui ouvrit la porte.

— Au moins, ton mec ne demande que du sexe, dit cette dernière en regardant vers la corbeille pleine de fleurs.

— Brody n'est pas « mon » mec, rétorqua Hayden, en espérant que son corps recouvre enfin la raison à force de l'entendre. Nous dînons ensemble ce soir, comme convenu ? Je suis toujours partante tant que je suis rentrée à temps pour regarder ce documentaire.

— Je suis partante tant qu'on dîne mexicain. J'ai envie de piquant, en ce moment. Amuse-toi avec cette déposition, dit Darcy en guise d'au revoir.

— Eclate-toi avec tes fleurs, riposta Hayden en retour.

— Merci beaucoup, Hayden. Nous avons fini, annonça Diane Krueger, l'avocate qui avait pris en charge le divorce de Presley Houston.

Hayden lissa le devant de sa jupe noire et se mit debout en même temps que son père. De l'autre côté de la grande table de réunion, Sheila et son avocat faisaient des messes basses. Hayden ne put s'empêcher de jeter un regard curieux vers sa future ex-belle-mère. La dernière fois qu'elle l'avait vue, Sheila semblait sortir directement des pages de *Vogue*, tout en cheveux blonds et vêtements chers qui tombaient à la perfection sur son corps de mannequin.

En revanche, ce matin, Sheila avait l'air... au bout du rouleau. Le regard fatigué, les traits tirés, elle semblait bien plus âgée que ses vingt-huit ans et surtout, beaucoup plus malheureuse que ce à quoi Hayden s'attendait. Ses cheveux tombaient en mèches filasse sur ses épaules, ses yeux bleus manquaient d'éclat et sa silhouette amaigrie lui donnait un air fragile et vulnérable.

Malgré la hargne qu'elle éprouvait à l'égard de la femme qui avait fait de la vie de son père un cauchemar, Hayden ne put s'empêcher de ressentir un élan de sympathie pour elle. Apparemment, le divorce affectait Sheila beaucoup plus que ce que son père lui avait laissé entendre. A moins que ce ne soit la perte de la jouissance du yacht de son père qui la déprime, pensa-t-elle avec une pointe de cynisme.

— Je tiens à te remercier pour ta présence, ma chérie, déclara son père lorsqu'ils eurent quitté la salle de dépositions. Cela compte beaucoup pour moi.

Pour la troisième fois depuis qu'ils s'étaient rencontrés ce matin, Hayden remarqua l'éclat vitreux dans les yeux de son père et se demanda s'il n'avait pas bu de l'alcool avant d'arriver. Elle s'empressa d'écarter cette pensée inquiétante. Son père était simplement fatigué, se dit-elle, rien de plus normal au vu des circonstances.

— Je suis heureuse de pouvoir être là pour toi, répondit-elle avec un sourire rassurant.

— Je dois discuter encore de quelques détails avec Diane, expliqua son père, en pressant affectueusement son bras. Mais si tu veux que je te dépose quelque part, attends-moi ici, ce ne sera pas long.

— Non, merci, j'ai ma voiture de location.

— Très bien, alors. Tu viens dimanche soir à la soirée du Gallager Club, n'est-ce pas ?

Oh, non, elle avait oublié. Ce qui n'était pas étonnant, étant donné qu'elle n'avait pas la moindre envie d'assister à la fête que donnait le prestigieux club dont son père était membre, même si celui-ci semblait accorder à sa présence une importance capitale.

— J'aimerais vraiment que tu viennes, ajouta Presley, comme s'il avait lu dans ses pensées. Mes amis me demandent toujours de tes nouvelles, et la dernière fois que tu es venue, tu as décliné chacune de leurs invitations.

« Parce que c'est toi que j'avais envie de voir », pensa-t-elle, en se mordant la langue pour ne pas s'exprimer à voix haute. Elle savait parfaitement que son père adorait pouvoir exhiber sa fille en public et se vanter de sa réussite académique, bien que, lorsqu'ils se retrouvaient en tête à tête, la question ne semblait pas vraiment l'intéresser.

Mais ce n'était pas le moment d'assaillir son père avec ce type de reproches, décida-t-elle en ravalant son amertume.

— J'y serai, promit-elle.

— Excellent, dit son père en se dirigeant vers le bureau de son avocate. A dimanche, alors.

Hayden se disposait à franchir les portes vitrées qui donnaient sur la rue lorsqu'elle entendit la voix rocailleuse de sa belle-mère l'interpeller.

— Hayden, attends.

Elle se retourna lentement. Sheila avançait vers elle, un sourire nerveux aux lèvres.

— Je voulais juste… Je voulais juste te dire que je ne t'en veux pas. Je comprends que tu veuilles protéger ton père.

Qu'elle ne lui en voulait pas ? C'était la meilleure, celle-là ! ricana Hayden dans son for intérieur. Cette femme qui était en train de traîner son père dans la boue tout en essayant de le spolier de sa fortune, avait le culot de se montrer magnanime ? Elle la regarda sans trouver quoi répondre.

— Je sais que tu ne m'as jamais appréciée, mais je ne te le reproche pas, ajouta Sheila avec un sourire timide. C'est toujours dur de voir un de ses parents se remarier, et j'imagine que le fait que je n'ai que deux ans de plus que toi n'a pas aidé.

— Nous ne devrions pas nous parler, je pense, répondit-elle froidement. C'est probablement contraire à la procédure.

— Je sais. Mais je souhaitais te dire que je tiens encore beaucoup à ton père, et qu'il m'inquiète.

Avec surprise, Hayden vit deux larmes couler sur les joues de l'autre femme et, fait encore plus surprenant, elle ne douta pas de la sincérité de ses pleurs.

— Si tu tiens tant à lui, pourquoi cherches-tu alors sa ruine ? demanda-t-elle sans pouvoir s'en empêcher.

L'irritation crispa l'expression de Sheila. Dès qu'on touchait à l'argent, elle montrait son vrai visage, songea Hayden. Cette moue vénale, elle avait eu l'occasion de l'observer à maintes reprises, et notamment, chaque fois que son père avait refusé d'accorder à sa jeune épouse l'un de ses caprices onéreux et insensés.

— Je suis dans mon droit de demander un dédommagement, argumenta Sheila. Après tout ce qu'il m'a fait subir.

Cette femme ne reculait devant rien, songea Hayden, écœurée. Pauvre Sheila, malheureuse dans sa villa de luxe avec ses vêtements haute couture et du personnel à demeure.

— Je sais que pour toi, je suis la méchante de l'histoire, mais tu ne sais pas tout, continua la blonde, en essuyant d'une main impatiente les larmes qui continuaient à affluer dans ses yeux. Tout cela est la conséquence désastreuse de… Mais je ne veux pas accabler ton père. J'ai vu qu'il était tombé dans une spirale dangereuse et je n'ai rien fait pour l'aider. C'est moi qui l'ai poussé dans les bras de cette autre femme.

— Pardon ?! s'écria Hayden, outrée.

C'était le pompon ! Cette femme osait en plus accuser son père d'adultère. Comment pouvait-on tomber si bas ? pensa-t-elle, en tentant de ravaler le nœud de colère qui s'était formé dans sa gorge.

— J'imagine que ton père a omis de te mettre au courant de cette partie-là de l'affaire, ajouta Sheila avec un regard plein de sous-entendus.

— Je dois y aller, coupa Hayden, les dents serrées rageusement.

— Je me fiche de ce que tu peux penser de moi, dit Sheila. Je voulais juste te dire de prendre soin de ton père. Je crois qu'il s'est remis à boire et je voulais m'assurer que quelqu'un veillerait sur lui.

Et sans rien ajouter d'autre, elle poussa la porte et s'élança dans la rue. Hayden la regarda se perdre dans la foule, incapable quant à elle de réagir. Des mensonges, songea-t-elle. Tout ce qu'elle venait d'entendre n'était, encore une fois, qu'un tas de mensonges. Son père n'aurait jamais mis en danger son mariage en couchant avec une autre femme. Sheila l'accusait à tort, et elle refusait d'accorder le moindre crédit à ses calomnies. Car sinon…

« Je crois qu'il s'est remis à boire. »

La phrase résonna dans ses pensées avec un écho menaçant. Hayden se tordit les mains, en proie à une angoisse irrépressible. Ce regard vitreux dans les yeux de son père… En envisageant le pire, elle était prête à croire que son père avait eu besoin d'un remontant ce matin avant d'affronter son ex-femme. Mais ce que Sheila avait sous-entendu, c'était que Presley avait un problème avec l'alcool, un véritable problème, lequel, de surcroît, venait de loin.

Etait-ce vrai ? se demanda Hayden. Et si la réponse à cette question atroce était oui, comment pouvait-elle ne pas s'en être aperçue plus tôt ? Elle ne voyait plus son père au quotidien, certes, mais ils se parlaient au téléphone au moins une fois par semaine, et son père s'était toujours montré normal. Egal à lui-même. Et à jeun. Dans le cas contraire, elle n'aurait pas manqué de le remarquer.

Sheila mentait.

Hayden serra les poings, en s'agrippant à cette conclusion comme un naufragé à sa planche de salut. Elle respira goulûment l'air frais de l'extérieur et marcha vers sa voiture, en s'interdisant rageusement d'accorder une seule pensée aux doutes insidieux que Sheila lui avait mis dans la tête.

Brody quitta le vestiaire après un entraînement particulièrement éreintant en se demandant s'il n'avait pas commis une grossière erreur en disant à Hayden que le palet était dans son camp et que c'était donc à elle de prendre désormais l'initiative.

Sur le moment, il avait cru bien jouer, mais ce soir, après deux heures d'exercices intensifs couronnées par un sermon bien senti de l'entraîneur, l'idée lui semblait beaucoup moins brillante. Pire, il commençait à penser qu'il avait commis une erreur fatale. Et il savait que rien n'apaiserait mieux ses muscles en compote et ses nerfs à fleur de peau qu'une trêve de quelques heures dans le lit de Hayden.

Tout comme il savait qu'elle n'allait pas rappeler.

« Tu t'es fourré le doigt dans l'œil, Croft. »

C'était ça, donc ? Avait-il trop présumé de son charme en

imaginant que Hayden ne pourrait pas résister à l'envie de le revoir ?

Mais quel imbécile il faisait ! Pourquoi ne l'avait-il pas emmenée chez lui ? Il avait vu le désir brûler dans ses yeux vert émeraude, un mot aurait suffi pour qu'elle se laisse aller dans ses bras, et il avait laissé la fierté parler à sa place, tout simplement parce que son orgueil de mâle ne supportait pas d'avoir eu à la prier pour qu'elle prenne un verre avec lui.

C'était presque comique que cette brunette à l'air sage l'ait à ce point retourné comme une chaussette. Elle ne ressemblait en rien aux femmes qu'il avait l'habitude de fréquenter. Elle était plus intelligente, plus belle, plus sérieuse... Plus tout. Beaucoup plus opiniâtre, aussi. Elle le faisait rire, l'agaçait et l'excitait à la fois. Ainsi, tout en sachant que le mieux était de la laisser partir puisqu'à l'évidence, elle ne voulait pas de lui, il ne pouvait pas ne pas entendre son instinct qui lui criait de ne pas la perdre de vue un instant, car s'il fermait les yeux ne serait-ce qu'une seconde, elle pourrait disparaître et alors il aurait perdu quelque chose de précieux et d'unique. Cela allait à l'encontre de toute logique, et pourtant, il avait appris à se fier à son instinct.

Il donna un coup de pied dans un caillou sur le chemin vers la voiture pour défouler son envie de taper sur quelque chose d'encore plus dur qu'une pierre. Sa fierté de mâle à la noix, en l'occurrence.

Il pressa le bouton de l'ouverture à distance des portes, en se rendant compte alors qu'il ne portait pas sa montre au poignet. La barbe, il avait dû l'oublier dans le vestiaire. Il détestait porter une montre, mais c'était un cadeau de ses parents à l'occasion de son premier match comme professionnel, huit ans auparavant. Chris et Jane Croft étaient profondément fiers de la réussite de leur fils, et chaque fois qu'il retournait dans le Michigan pour leur rendre visite, il pouvait lire leur satisfaction de parents comblés dans les regards qu'ils posaient sur cette montre.

Avec un soupir, il se résigna à retourner vers le grand bâtiment gris où avaient lieu les entraînements. Contrairement à la plupart des équipes, les Warriors ne pratiquaient pas leur jeu dans leur stade, le Lincoln Center, mais dans une patinoire privée qui se trouvait à quelques kilomètres. C'était un choix peu orthodoxe, mais que Brody appréciait, car cela réduisait les chances de se faire harceler par les journalistes et partant, la pression d'être constamment sous l'œil de la presse.

Il poussa la double porte qui donnait accès au hall d'entrée. La patinoire proprement dite se trouvait à droite, en face du couloir qui menait aux vestiaires. C'est là que Brody aperçut, en entrant, deux personnes qui discutaient en lui tournant le dos. Il mit à peine une fraction de seconde à deviner leur identité, et à peine une autre à se glisser dans un renfoncement du couloir où se trouvaient les distributeurs automatiques de snacks.

— Tu n'aurais jamais dû venir ici, gronda la voix sombre de Craig Wyatt.

Brody retint sa respiration. Ce n'était pas la peine que le capitaine des Warriors remarque sa présence. D'ailleurs, il se serait passé fort bien lui-même de cette rencontre fâcheuse pour ne pas avoir à se poser une question encore plus fâcheuse : que faisait Craig Wyatt dans un couloir sombre avec Sheila Houston ?

— Je sais, mais j'avais besoin de te voir, répondit Sheila, sa voix à peine audible. C'était horrible, ce rendez-vous chez les avocats.

Sa phrase se finit en sanglot.

— Allez, ça va aller, bébé.

Bébé ?

Brody décida qu'il en avait assez entendu et se faufila à l'extérieur à pas de loup. Il récupérerait la montre à un autre moment, se dit-il tandis qu'il se hâtait vers sa voiture.

Ses pensées tourbillonnaient en tous sens sur le chemin de retour à la maison. *Craig Wyatt* et *Sheila Houston* ? C'était une chose que Brody n'aurait pu imaginer de la part de M. Impassible. Et si cette rumeur se vérifiait, que devait-on penser des matchs arrangés ? Que Wyatt soit aussi aimable qu'une porte de prison n'enlevait rien au fait qu'il était le capitaine de l'équipe, autant dire ses yeux et ses oreilles. Il suivait de près les progrès de ses hommes pour s'assurer qu'ils donnaient le meilleur d'eux-mêmes à chaque rencontre, et s'il avait soupçonné que quelqu'un avait accepté un pot de vin, il n'aurait pas hésité à lancer une enquête.

Seigneur ! Se pouvait-il que ce soit Wyatt la source d'où Sheila disait tenir l'information ? Lui avait-il fait part de ses soupçons ?

A moins que… ce ne soit justement le capitaine, le minable qui avait accepté de l'argent pour jouer mal ? Mais non, cela n'avait pas de sens, raisonna Brody aussitôt. S'il s'était laissé soudoyer, Sheila se serait bien gardée d'attirer l'attention sur une affaire dans laquelle son amant avait trempé.

Brody arrêta la voiture devant sa maison, en sentant qu'une migraine redoutable ne tarderait pas à s'emparer de sa tête.

Quelle sale affaire !

Il se fichait éperdument de ce que Wyatt faisait de son temps libre, mais s'il savait quelque chose à propos des rumeurs…

Peut-être qu'il devait tout simplement affronter Wyatt et lui demander franchement ce qu'il savait ? Ou alors, il pourrait mettre Becker au courant pour qu'il s'en occupe. Becker était très bon dans les situations délicates, il ne perdait jamais son sang-froid et savait comment parler aux gens.

Brody laissa aller sa tête contre le volant et se frotta les tempes.

La dernière chose dont il avait envie c'était de se voir impliqué dans ce bourbier. Avec un peu de chance, songea-t-il, l'affaire se réglerait d'elle-même et à la fin de la saison, il pourrait décider tranquillement de rester avec les Warriors ou de signer avec une autre équipe, et il continuerait à mener sa vie et sa carrière comme il l'entendait.

Et Hayden Houston serait bientôt de retour dans son lit.

Un homme avait le droit de rêver, après tout.

— Du porno, moi ? Jamais de la vie, marmonna Hayden ce même soir en sortant de l'immense baignoire en marbre de sa salle de bains.

Elle enfila un peignoir douillet et serra la ceinture autour de sa taille.

Rien à dire, en principe, contre les films érotiques. Elle n'était pas prude, et il lui était déjà arrivé de regarder quelques films classés X au cours de ses vingt-six ans. Mais s'en servir pour oublier un homme ? Alors que sa vie sexuelle ces derniers jours avait été plus satisfaisante que jamais ? Elle devrait en être comblée, plutôt, songea-t-elle.

Mais le fait était qu'elle n'arrivait pas à penser à autre chose qu'au sexe. Et à Brody Croft. C'était lui, le responsable de son état d'anxiété.

Pendant le dîner, Darcy n'avait pas manqué d'insister sur le fait qu'une aventure passagère n'était pas la fin du monde. Et sans douter de la bonne volonté de son amie, Hayden n'arrivait pas à se ranger à son avis. Elle pressentait que si elle tendait une main à Brody, il serait capable d'y glisser une bague de fiançailles.

Pieds nus, les cheveux encore trempés, elle regagna la chambre et ouvrit le grand placard, encore à moitié vide bien qu'elle y ait rangé tous les vêtements qu'elle avait prévus pour ces deux mois. Elle choisit un pantalon gris et un débardeur blanc en coton pour se sentir à l'aise, et attacha ses cheveux en queue-de-cheval, prête à finir la soirée devant la télé avec une bonne tasse de thé vert.

La suite de son père était magnifique et la cuisine, notamment, fort accueillante et très bien équipée. Mais sa maison lui manquait, car, à San Francisco, son seul souci était de savoir comment elle allait parvenir à attirer son petit ami dans son lit.

Tandis qu'ici, à Chicago, songea-t-elle, elle devait batailler avec les problèmes de son père, les mensonges de sa belle-mère et les assauts incessants de Brody Croft pour l'attirer dans *son* lit *à lui*.

« Arrête de penser à Brody. »

Le problème étant qu'il fallait penser à l'oublier, ce qui était déjà penser à lui, songea-t-elle, en prenant sa tasse de thé pour aller s'installer devant la télévision, où elle s'affala confortablement, déterminée à s'oublier dans la vie passionnante de Vincent Van Gogh.

Hayden zappa d'une chaîne à l'autre sans arriver à tomber sur l'émission qu'elle recherchait. Sur Biography Channel, on racontait la vie d'une star de Hollywood aux prises avec la justice pour des questions de drogue, et aucune des autres chaînes ne parlait du peintre néerlandais. L'artiste semblait lui avoir posé un lapin.

Fantastique. Fichtrement génial. Rien ne pouvait donc tourner rond dans sa vie ? Tout ce qu'elle souhaitait ce soir c'était regarder un documentaire sur son peintre préféré et ne pas penser à Brody Croft. Etait-ce trop demander ?

Apparemment, oui, songea-t-elle, en même temps qu'elle s'effarait du nombre incroyable de reality-shows que l'on proposait au public. Avec un soupir, elle se résigna à finir la soirée devant un documentaire sur la vie des requins.

« Le grand requin blanc peut sentir une goutte de sang dilué dans quatre-vingt-quinze litres d'eau », expliquait une voix off monocorde dans le poste.

Hayden se laissa happer par les images où un requin menaçant fendait les flots.

« Le Grand Blanc ne mâche pas les aliments. Il déchire ses proies en grands morceaux qu'il avale en entier. »

Tout à fait comme Brody, ricana-t-elle dans son for intérieur, avant de penser à ne pas penser à lui.

« Il peut atteindre les six mètres de longueur et son poids dépasser les trois tonnes. »

Au bout de dix minutes et quinze requins, Hayden bâilla et s'abîma dans la contemplation de ses orteils, en se demandant si cet été, elle allait oser le vernis rouge foncé. Décidément, le grand requin blanc ne serait jamais son animal de compagnie préféré, se dit-elle, avant de presser la télécommande à la recherche d'une émission moins assommante. Elle s'arrêta un instant sur CNN et les derniers titres de l'actualité avant de remarquer sur la grille des programmes le titre « La Secrétaire ». Se rappelant que ses élèves ne juraient que par cette série télé, elle pressa le bouton « ok » pour s'en faire une idée.

Sauf que c'était, comme elle aurait dû s'y attendre, un film porno.

— *Vous avez une grande vitesse de frappe, Betty.*

— *Merci, monsieur Larson. Mes doigts ont toujours été mon meilleur atout.*

— *Je m'en doute. Laissez-moi voir votre main de plus près.*

— *Ooh, monsieur Larson. Ça me chatouille…*

— *Vous aimez ?*

— *Mmm. Ouiii, monsieur Larson.*

— *Et ceci, Betty, vous aimez aussi ?*

— *Encore mieux. Oh, c'est booooon.*

Hayden éclata de rire sans pouvoir se contenir. A l'écran, M. Larson embrassait fougueusement Betty qui se trémoussait dans ses bras, en gémissant de plus en plus fort au fur et à mesure que la main de son patron remontait sous sa jupe.

Découragée, Hayden se rabattit à contrecœur sur les aventures du grand requin blanc.

« Si tu veux de moi, viens me chercher. »

Le souvenir de la voix rocailleuse de Brody emplit ses pensées. Elle soupira, exaspérée. Pourquoi n'arrivait-elle pas à le sortir de sa tête ? Et pourquoi l'avait-elle si profondément dans la peau, surtout ? Elle le désirait avec tant d'ardeur qu'elle pouvait presque sentir ses bras puissants enlacer sa taille.

Sauf que parfois, réfléchit-elle, les choses que l'on désire et celles dont on a besoin ne correspondent pas.

Et en ce moment, ce dont elle avait besoin, c'était d'un esprit en paix pour pouvoir soutenir son père, et aussi, de courage pour appeler Doug et lui dire que leur pause allait se transformer en rupture définitive.

Cependant, elle désirait de tout son corps passer une nuit encore en compagnie de Brody.

« Tout n'est pas noir ou blanc. »

Hayden se redressa sur le canapé, en répétant la phrase de son amie comme un mantra.

Et si Darcy avait raison ? Et si elle se posait trop de questions ? C'était tout à fait elle, cette habitude d'analyser par le menu chaque détail de chaque situation jusqu'à ce qu'il ne reste plus une goutte de légèreté ni de spontanéité. Bon sang, pourquoi tenait-elle à tout planifier ? La vie n'était pas un semestre de cours d'histoire de l'art ! Que pouvait-il y avoir de si dangereux dans le fait de s'envoyer en l'air avec un homme qui lui faisait terriblement envie ?

Elle frissonna de plaisir en pensant à la réponse, et, sans plus hésiter, elle posa la télécommande pour saisir son téléphone.

6.

Brody raccrocha, interloqué. Le coup de fil de Hayden l'avait pris complètement au dépourvu. Après une longue douche, il s'apprêtait à passer la soirée en compagnie d'une canette de bière devant les infos, lorsque la sonnerie de son portable avait retenti. A l'autre bout de la ligne, la voix veloutée de Hayden n'avait prononcé qu'un mot.

« Viens. »

C'était tout. Ensuite, elle avait raccroché, en le laissant aussi confus qu'enchanté.

A l'évidence, elle avait changé d'avis quant à sa proposition d'explorer avec lui ses fantasmes les plus intimes. Mais, se demanda-t-il, c'était encore du sexe et seulement du sexe qu'elle recherchait, ou était-elle à présent en quête de quelque chose de plus ?

« Arrête ton char. »

Brody secoua la tête. Il fallait qu'il cesse de mettre la charrue avant les bœufs. Hayden l'avait appelé parce qu'elle avait envie de recoucher avec lui. Point. C'était déjà une bonne nouvelle. Point. Rien n'indiquait qu'elle ait envie de s'engager plus loin. Point final.

Réagissant enfin, il enfila en vitesse un jean et un sweater des Warriors, ramassa clés et portefeuille et sortit de sa maison quelques minutes après le coup de fil. La nuit était fraîche comme souvent à la mi-mai à Chicago, mais après huit ans dans cette ville, il avait appris à aimer la météo indécise du printemps, quand l'été approchait mais qu'il n'était pas exclu qu'un orage ou même une tempête de neige vienne contrer les avances de l'été.

Lorsqu'il se gara devant l'hôtel de Hayden, des gouttes de pluie mouillaient le pare-brise de son 4x4, et avant qu'il ait pu franchir la porte d'entrée, un coup de foudre éclaira la nuit, suivi par le vrombissement lointain du tonnerre. En quelques secondes, la pluie tombait à verse.

Il s'avança vers le hall d'accueil en recoiffant ses cheveux trempés et demanda au veilleur de nuit d'annoncer sa présence à Mlle Houston. L'employé l'accompagna jusqu'à l'ascenseur et débloqua le bouton qui permettait l'accès à la suite du dernier étage avant de se retirer avec un hochement de tête cérémonieux, le laissant seul dans la cabine.

Les portes s'ouvrirent directement sur le salon de Hayden, qui l'attendait, un sourire crispé aux lèvres.

— Il y a quelques règles de base, et je veux que tu m'écoutes, dit-elle, en guise de salutation.

— Salut à toi, aussi, répondit-il, goguenard.

— Salut. J'ai quelques règles de base.

Il posa les clés de sa voiture sur un guéridon et s'approcha d'elle.

Même en tenue d'intérieur et sans maquillage, elle était superbe, songea-t-il. Ses cheveux tirés en arrière mettaient en valeur son visage délicat, et il aimait l'air juvénile que lui donnaient ces quelques petites mèches qui s'échappaient de sa queue-de-cheval. Mais il aimait encore plus qu'elle ne porte pas de soutien-gorge sous son fin débardeur en coton. Il déglutit, troublé par la courbe parfaite de ses seins qu'il devinait sous le tissu.

— Ne me regarde pas comme ça, gronda-t-elle, en s'apercevant de sa réaction. C'est impoli.

— Ah, je me demandais où était passée Mlle Guindée. Bonsoir à vous, professeur.

— Je ne suis pas guindée, protesta-t-elle.

— Pas au lit, c'est vrai…

— Règles de base, répéta-t-elle avec fermeté.

— Vas-y et finissons-en, soupira-t-il.

— Entre nous, ce ne sera que sexuel, ou ce ne sera pas, commença-t-elle sans autre préambule. L'idée étant « d'aller au bout du fantasme » ou ce truc que tu avais dit. D'accord ?

— Je ne signe rien, pour l'instant. Tu en as d'autres ?

— Mon père ne doit rien savoir. D'ailleurs… je préférerais que l'on évite d'être vus ensemble en public, continua-t-elle, quelque peu gênée.

— Tu as honte de te montrer avec un joueur de hockey ?

— Brody, tu sais comme moi que le club traverse en ce moment une situation délicate. Et je ne veux pas ajouter des tracas à mon père en donnant à la presse l'occasion de faire des gorges chaudes sur nous deux.

Malgré lui, Brody devait admettre qu'elle avait raison. Dans le meilleur des cas, si un journaliste les surprenait ensemble, leur relation serait étalée à la une des tabloïds. Ou, scénario catastrophe, les journalistes iraient jusqu'à inférer que la fille du patron couchait avec lui pour l'empêcher d'avouer son implication dans l'affaire des matchs arrangés.

Autant choisir entre la peste et le choléra.

En attendant, il ne comptait pas permettre que Hayden lui impose ses conditions sans rien demander en échange.

— Je veux bien me plier à tes règles, mais seulement si tu acceptes les miennes, annonça-t-il sans façon, les bras croisés sur la poitrine.

— C'est-à-dire ?

— Si on couche ensemble, on ne couche pas ailleurs. Je ne veux pas te partager, ni avec ton copain de Californie ni avec personne.

— Ça va de soi, rétorqua-t-elle.

— Et je veux aussi que tu me promettes de rester ouverte à ce qui pourrait arriver.

— Sur un plan sexuel, tu veux dire ? dit-elle, une lueur d'intérêt dans les yeux.

— Evidemment. Mais aussi sur le plan affectif. Pour être plus précis, si les choses deviennent plus… sérieuses entre nous, tu n'as pas le droit de te défiler.

— Je peux faire ça, dit-elle après un instant de réflexion. Et toi, tu t'engages à garder pour toi ce qui se passera entre nous ?

— Je peux faire ça, l'imita-t-il, avec une grimace railleuse.

— Assez parlé, alors. Qu'attends-tu pour te déshabiller ?

Hayden réussit à peine à garder son sérieux en regardant Brody enlever à toute vitesse son pull. L'impatience irradiait de son corps puissant comme s'il était un gosse au matin de Noël, songea-t-elle. Mais lorsqu'il fit tomber son jean, son envie de rire se volatilisa d'un seul coup.

Son sexe se dressait en une érection imposante, à un point que le tissu de son boxer semblait sur le point de céder. Elle en eut l'eau à la bouche.

Aussi déroutantes que les conditions de Brody fussent, il était désormais trop tard pour changer d'avis. Il voulait qu'elle garde l'esprit ouvert ? D'accord, puisqu'il y tenait. Mais elle doutait fort que les choses entre eux puissent devenir « plus sérieuses », comme il l'avait évoqué. Si leur aventure d'une nuit était devenue une aventure tout court, elle était certaine que cela n'irait pas plus loin.

Et puis, tout cela, seul l'avenir le dirait, songea-t-elle. Pour l'instant, il y avait des choses bien plus importantes sur lesquelles se concentrer. En l'occurrence, le corps spectaculaire de Brody et toutes les choses qu'elle pouvait faire avec.

Avec un sourire espiègle, Hayden se rappela ce que Brody avait fait avec son corps à elle la veille. Soudain, la marche à suivre lui sembla évidente.

— Ta règle à propos de garder l'esprit ouvert, elle te concerne aussi, n'est-ce pas ? demanda-t-elle, malicieuse.

Brody se débarrassa de son caleçon d'un coup de pied, et la regarda, intrigué.

— Tu as une idée derrière la tête…

Sans daigner répondre, elle l'invita à le suivre jusqu'à la chambre, où, une fois arrivés, elle désigna le lit.

— Mets-toi à l'aise.

Brody écarquilla les yeux.

— Tu comptes m'accompagner, j'espère.

— C'est possible.

Il se laissa aller contre la montagne d'oreillers qui occupait la tête du lit.

En prenant soin de ne pas sourire, Hayden contempla longuement ce corps d'élite déployé sur son lit.

— Je me sens seul, murmura-t-il. Comptes-tu rester là toute la nuit, à me regarder ?

— C'est possible.

— Et que faudra-t-il faire pour te convaincre de me rejoindre ?

— Je ne sais pas, répondit-elle, pensive. Il faudrait que tu arrives à me convaincre que cela en vaut la peine, tu comprends ?

Me donner une véritable bonne raison pour que je vienne dans ce lit avec toi.

Brody sourit, joueur, et se mit à caresser son sexe.

— Ceci n'est pas un argument assez puissant ?

— Dieu que tu peux être arrogant ! s'exclama-t-elle, en riant de bon cœur.

Mais elle ne pouvait pas détourner son regard des mouvements de sa main qui montait et descendait lentement le long de son érection. C'était une vision terriblement stimulante.

— Allez, viens, demanda-t-il. Tu ne vas pas me laisser faire ça tout seul…

— C'est possible… A vrai dire, te regarder m'excite pas mal.

Sans le quitter des yeux, elle s'installa sur la bergère qui se trouvait contre le mur.

— Dis-moi ce que tu voudrais que je fasse si j'étais dans ce lit avec toi, proposa-t-elle.

L'ombre de quelque chose de sauvage et indompté traversa les yeux de Brody.

— Je crois que tu le sais déjà, dit-il.

— Fais-moi plaisir.

Il ébaucha un sourire et, sans cesser de la regarder, il caressa son gland avec son pouce pour humecter le sommet de son membre. Hayden dut faire appel à toute sa volonté pour ne pas écourter le jeu et venir s'empaler sur lui.

— Pour commencer, je pense que je t'encouragerais à te servir de ta langue…

Hayden déglutit avec difficulté, en serrant les cuisses pour tenter de garder sa contenance.

— … Et je pense aussi que je te demanderais de la poser par là…, continua-t-il, en caressant le haut de son sexe avec son autre main. Tes lèvres aussi seraient les bienvenues, évidemment.

— Evidemment, convint-elle d'une voix chargée de volupté.

Brody lui décocha un regard carnassier, en se mettant à bouger sa main de plus en plus vite. Hayden se mordit la lèvre. C'était la première fois qu'un homme se donnait ainsi du plaisir devant elle et elle était presque effrayée par la réaction volcanique de son propre désir. Brody, étendu sur son lit, était l'image la plus impudique et lascive qu'il lui ait jamais été donné de voir, et rester à le regarder sans agir, complètement habillée encore, rendait la situation encore plus excitante, car elle avait l'impression de détenir le contrôle de la situation. C'était peut-être le moment de vivre ce vieux fantasme qu'elle couvait depuis des années… Elle passa sa langue sur ses lèvres, en se demandant si elle allait oser passer à l'acte.

— A quoi penses-tu ? murmura Brody.

Elle ne répondit pas, aussi gênée qu'excitée par les images qui surgissaient dans ses pensées.

— Puisque c'est comme ça…

Il cessa de se caresser pour passer ses mains nonchalamment derrière sa tête.

— Non, continue ! protesta-t-elle.

— Pas avant que tu m'aies dit ce que tu as en tête.

— Tu… tu vas probablement penser que c'est bête.

— Je peux tout entendre.

Elle n'arrivait pas à croire qu'elle allait avouer son fantasme le plus obscur à un homme qu'elle connaissait à peine, alors qu'elle n'avait jamais osé aborder le sujet avec des types avec lesquels elle était sortie des mois durant. Pouvait-il vraiment tout entendre ? Oui, décida-t-elle.

— Alors ? la pressa Brody.

— Promets-moi que tu ne riras pas.

— Promis. Parole de scout, dit-il.

Hayden doutait fort qu'un boy-scout aurait fait le geste que Brody venait de lui adresser, mais au moins, il s'était engagé à ne pas se moquer. C'était déjà ça.

— J'ai toujours voulu attacher un homme à mon lit, dit-elle, en relâchant en même temps tout l'air contenu dans ses poumons.

Un doux éclat de rire accueillit son aveu.

— Eh, tu avais promis ! s'exclama-t-elle, les joues en feu.

— Je ne me moque pas, je t'assure. Tu m'as juste pris au dépourvu.

— Je ne t'ai pas fait peur, au moins ? s'enquit-elle, soulagée.

— Du tout. Je suis trop excité pour avoir peur de quoi que ce soit.

Elle descendit ses yeux le long du corps de Brody dont l'érection imposante confirmait les mots, et soudain ses doutes se dissipèrent, emportant au passage son embarras, pour laisser quartier libre au désir qui la brûlait tout entière. Sans plus de délai, elle passa à l'action.

— Laisse tes mains comme ça, ordonna-t-elle, en se levant pour regagner le dressing.

Maintenant qu'elle avait décidé ce qu'elle voulait faire, les idées lui venaient si facilement qu'elle ne mit que quelques secondes pour prendre ce dont elle avait besoin dans un tiroir avant de s'élancer vers le lit auprès de Brody.

Celui-ci remarqua les bas de soie qu'elle apporterait.

— Pas de menottes en fourrure ? demanda-t-il, taquin.

— Désolée, je les ai oubliées à San Francisco.

— Dommage.

Mutine, elle entortilla les bas autour de ses poignets en frôlant au passage ses paumes calleuses. Il avait des mains fortes et viriles, avec des doigts longs et effilés, et son excitation s'accrut d'un cran en les attachant. Que Brody se laisse faire, qu'il s'abandonne à son bon vouloir, était le plus puissant aphrodisiaque qu'elle puisse imaginer.

Elle aimait ce sentiment de contrôle, qu'elle n'avait jamais expérimenté auparavant dans une chambre à coucher. Elle était déterminée et opiniâtre lorsqu'il s'agissait de sa carrière, songea-t-elle, mais, question sexe, pas vraiment, non. Avec Brody, elle était en train de découvrir une facette d'elle-même qu'elle avait refoulée beaucoup trop longtemps. Elle l'avait branché dans un bar d'abord, ensuite elle s'était laissé caresser par lui en public, maintenant elle l'attachait… Comment diable arrivait-il à la rendre si audacieuse ?

— Dis-moi jusqu'où vont tes envies de bondage ? murmura-t-il de sa voix de sable.

— Voyons… Je pense que je vais te rendre la monnaie de ta pièce, dit-elle en le chevauchant, toujours habillée de la tête aux pieds. Tu as été très vilain, hier, Brody. Tu m'as torturée impunément…

— Tu avais l'air d'apprécier…

— Il me semble que toi aussi, n'est-ce pas ? J'ai senti que tu aimais voir combien j'étais sans défense sous tes caresses… C'est à mon tour, ce soir.

Il tendit ses bras légèrement pour vérifier la solidité des liens, et la tête du lit bougea.

— Je pourrais me détacher, si je voulais, tu sais.

— Mais tu ne le veux pas.

— Comment peux-tu en être si sûre ?

— Car tu meurs d'envie de connaître la suite, gloussa-t-elle, en se penchant pour lui embrasser langoureusement le menton et le lobe de l'oreille, qu'elle mordit.

— Les gens, là-bas en Californie, savent-ils à quel point

tu peux être délicieusement perverse ? demanda-t-il avec un sourire enchanté.

— Ils n'en ont pas la moindre idée, soupira-t-elle, pleine d'autodérision.

Il rit, les yeux débordant de désir et d'étonnement, et sous son regard, Hayden sentit son assurance s'enhardir. Pour une raison qui lui échappait, avec Brody, elle sentait qu'elle pouvait essayer ou dire les choses les plus osées sans peur d'être jugée.

— Eh bien, comme tu disais, c'est ton tour, dit-il. Voyons ce dont tu es capable. Mais je préfère te prévenir, je ne perds pas le contrôle facilement.

— Ça, c'est encore à voir, dit-elle.

Elle se mit à caresser son torse, en faisant courir ses doigts sur le duvet brun qui couvrait ses muscles bandés et se pencha davantage pour dessiner avec sa langue la ligne de sa clavicule.

— Tu peux faire mieux que ça, la provoqua-t-il.

Le sourcil froncé, elle lui décocha un regard de défi. Croyait-il vraiment qu'il pourrait lui résister ? Mais quel crâneur ! Elle allait lui montrer de quel bois elle se chauffait, pensa-t-elle, en pinçant avec ses lèvres son téton.

Il retint son souffle.

Avec sa langue, elle descendit le long de sa poitrine sans cesser d'aguicher sa chair avec ses ongles. Sa peau avait un goût renversant, salé, épicé, masculin, mais lorsque sa bouche rencontra son érection, elle décida de faire durer l'attente. Elle s'amusa à titiller son gland luisant avec le bout de sa langue et souffla dessus son haleine tiède.

Brody s'arc-bouta contre le matelas en marmonnant quelque chose d'inintelligible entre ses dents.

— Tout va bien ? demanda-t-elle d'un ton poli.

— C'est tout ce que tu sais faire ? grommela-t-il en réponse.

— Loin s'en faut, dit-elle, en lui décochant un regard lourd d'envies inassouvies. Je ne fais que commencer.

Dieu, que c'était électrisant de pousser dans ses retranchements un étalon de la taille de Brody Croft, songea-t-elle, enivrée par la sensation de puissance qui l'envahissait. Elle empoigna son membre sans cesser de jouer avec sa langue, et dut dissimuler un sourire de satisfaction en entendant les gémissements qu'il n'arrivait plus à retenir. Mais pourquoi n'avait-elle pas essayé ça plus tôt ? se demanda-t-elle. Il était temps de rattraper le temps perdu.

Quelque part au fond de sa tête, une petite voix suggéra que si elle n'avait pas osé auparavant, c'était parce qu'elle n'avait pas rencontré un homme qui lui en donne l'envie. Hayden chassa aussitôt cette pensée et les conclusions insidieuses qui en découlaient. Ce n'était pas le moment d'analyser les tréfonds de son âme, mais de profiter. Elle encercla son membre avec sa bouche, et fit glisser ses lèvres le long de son sexe, en même temps que d'une main elle enrobait ses testicules. Brody tressaillit et son érection s'accentua.

— Tu es diabolique, souffla-t-il.

— Qu'est-il devenu, le maître de l'autocontrôle, si je peux demander ? dit-elle, sans cesser de le caresser avec l'autre main.

— Le pauvre, il n'avait aucune chance…

Elle sourit, déposa un dernier baiser sur son gland et se redressa sur lui. Le corps de Brody dégageait une chaleur fébrile qu'elle pouvait sentir même à travers ses vêtements, mais malgré l'envie de sentir sa peau contre la sienne, elle résista à la tentation de se déshabiller. Ce moment était si délicieux et chargé de promesses qu'elle tenait à le faire durer.

Penchée sur lui, elle embrassa sa bouche avec gourmandise.

Brody lança un grognement de frustration et tira de nouveau sur les liens qui le retenaient.

S'il avait voulu se libérer, songea-t-elle, il aurait pu le faire. Mais qu'il se laisse faire, c'était son fantasme devenu réalité.

— Hayden, nom de nom, je veux te toucher.

— Toucher ? Eh non, désolée, mais…

D'un seul geste, elle ôta son débardeur.

— … Mais je veux bien te permettre de goûter, finit-elle, en approchant sa poitrine du visage de Brody.

Hayden exhala un soupir en sentant les lèvres de Brody emprisonner le bout d'un de ses seins, qu'il suça et mordilla goulûment. Elle se laissa faire, en savourant cette sensation qui oscillait entre le plaisir et la douleur.

— Donne-moi plus, dit-il d'une voix rauque.

— Plus ? Définis ce plus, le taquina-t-elle.

Brody fit glisser ses yeux vers ses hanches, et elle comprit sans besoin de mots ce qu'il souhaitait. Certes, l'idée était séduisante, mais, si elle accédait à sa requête, se dit-elle, son petit jeu de domination ne tiendrait pas une seconde de plus… Mais qui s'en souciait, au point où elle en était ? Son sexe palpitait, et concéder à Brody ce qu'il demandait, c'était obtenir ce que son sexe gonflé attendait tant. Puis, elle voulait ces mains sur son corps sans délai. Dans le même mouvement, elle se débarrassa de son pantalon et de sa culotte, et avança vers la tête du lit, et se positionna à genoux au-dessus du visage de Brody. Il souleva à peine la tête pour venir poser sa langue habile exactement sur son clitoris.

— Oh, gémit-elle, en se laissant aller contre le mur, décontenancée par la décharge de plaisir.

Ces préliminaires coquins l'avaient pratiquement amenée au bord de l'orgasme, et maintenant, la volonté lui faisait défaut pour s'éloigner de la bouche de Brody. Puis, à quoi bon bouder un plaisir aussi intense ?

— Je veux que tu jouisses dans ma bouche, murmura-t-il.

A tâtons, elle chercha avec ses mains celles de Brody, toujours attachées à la tête de lit, et enlaça ses doigts avec les siens. Son cœur battait à tout rompre, ses cuisses tremblaient et à l'instant même où son sexe se posa sur la bouche de Brody, elle sentit son corps exploser comme un feu d'artifice sous l'influx d'un plaisir électrique.

Elle se laissa sombrer dans l'orgasme avec un râle brisé. Des poussières lumineuses flottaient devant ses yeux et elle s'effondra contre la tête de lit, pantelante. Elle utilisa le peu qu'il lui restait de forces pour défaire les nœuds qui retenaient les bras de Brody.

— Je te veux en moi, tout de suite, ordonna-t-elle dans un souffle, en glissant vers son ventre.

Brody massa ses poignets avec un sourire malicieux, mais ne bougea pas pour autant.

— C'est ton show, rappelle-toi. Fais de moi ce qu'il te plaira, dit-il, en lui tendant un préservatif dont elle ignorait la provenance.

Le souffle lourd, Hayden déroula le latex sur son sexe. A quatre pattes sur lui et malgré l'urgence du désir qui gorgeait son sexe, elle décida de prolonger encore le jeu et se balança au-dessus de Brody, en caressant son torse avec les pointes dressées de ses seins, rien que pour le voir plisser les yeux sous l'emprise du plaisir. Joueuse, elle bascula son bassin et frôla son sexe avec le sien pour s'en dérober aussitôt, puis l'aguicher de nouveau en posant sa poitrine à portée de sa bouche. Brody se trémoussa, à l'agonie. C'était vraiment délicieux d'être une vilaine fille !

— Dis-moi ce que tu veux, Brody, roucoula-t-elle.

— Toi.

— Moi, quoi ?

— C'était quoi, ce que tu m'as dit l'autre soir ? Ah, oui. « Je veux que tu me baises. »

Oh, Seigneur !

Sans plus un mot, elle s'empala sur lui en glissant sur toute la longueur de son sexe et commença à le chevaucher. Les sensations que ce contact intime déclencha étaient presque insoutenables. Leurs corps s'emboîtaient à la perfection, comme deux pièces d'un puzzle, et d'instinct, ses hanches se mirent à bouger de plus en plus vite, de plus en plus fort, dans un crescendo rythmé par les râles sauvages que Brody exhalait.

Il haussa ses hanches pour épouser ses mouvements. Elle descendait et il montait, dans une sarabande frénétique. Soudain, Brody l'attrapa par la taille et la fit rouler, et elle se retrouva allongée sous son corps massif et puissant.

Oh, oui !

— Veux-tu jouir pour moi ? murmura-t-il, en ralentissant ses mouvements.

Elle murmura quelque chose d'inintelligible.

— Comment dis-tu ? demanda-t-il.

— Oui, dit-elle dans un soupir. Oui !

Avec un hochement de tête, il plongea son sexe dans le sien en une poussée sans concession, violente et vorace. Hayden oublia de respirer. En se tenant en appui sur un seul bras, Brody porta sa main libre sur son clitoris, et la caressa sans cesser de la pénétrer. Un nouvel orgasme saisit son corps et ses pensées, et dans le brouillard du plaisir, Hayden entendit le dernier gémissement de Brody lorsqu'il jouit à son tour au-dessus d'elle.

Elle caressa son dos en sueur, en se délectant de la géographie des muscles bien définis que ses doigts exploraient.

— Mon Dieu, c'était…, balbutia-t-elle dès que sa respiration retrouva une cadence à peu près normale.

— C'était…, l'encouragea-t-il, en dessinant l'ovale de son visage du bout de ses doigts.

— Sismique, répondit-elle, en gloussant. D'autant plus que je croyais que j'allais passer ma soirée à regarder un documentaire sur un bonhomme qui s'était coupé l'oreille !

7.

— Et si on commandait quelque chose au service d'étage ? proposa Brody quelques minutes plus tard, en enfilant son boxer.

Il se tourna pour regarder Hayden se rhabiller et remettre de l'ordre dans ses cheveux d'habitude si parfaitement coiffés. Des mèches rebelles tombaient sur ses yeux, et il sourit en songeant que c'était lui qui avait transformé Mlle Impeccable en cette jeune femme débraillée et comblée. Il la trouva si belle et si adorable qu'il ne put résister à la tentation de revenir sur ses pas pour l'embrasser encore. Ses lèvres étaient douces comme le miel et avaient un goût unique. Le goût de Hayden.

Incapable de s'arrêter à un baiser, il commença à la caresser, mais lorsqu'il commença à remonter ses mains sur sa poitrine, elle le repoussa.

— N'allions-nous pas appeler le service d'étage ? s'enquit-elle, taquine.

— Pas la peine.

— Parle pour toi. Moi, j'ai une faim de loup, répondit Hayden, en l'esquivant pour sortir de la pièce.

Il regarda l'érection naissante qui bombait son caleçon. Nom de nom ! Pourquoi cette femme le mettait-elle dans un tel état ?

se demanda-t-il, en se sentant excité comme un adolescent en rut.

Il remit son jean et la suivit dans le salon.

— Que dirais-tu d'un cheeseburger ? demanda-t-elle depuis le canapé, le téléphone à la main.

— Excellent ! dit-il, en même temps qu'un gargouillis de son estomac approuvait la proposition.

Il s'installa sur le canapé à côté de Hayden, et son regard tomba sur un tas de feuilles posé sur la table basse. Curieux, il se pencha et parcourut la première page, dont les marges étaient profusément noircies par des notes manuscrites. C'était une biographie de Rembrandt.

— Ce sont des idées pour un cours sur la théorie de la couleur que je prépare pour l'automne, expliqua Hayden lorsqu'elle raccrocha.

— Dans mon souvenir, les peintures de Rembrandt sont plutôt sombres, non ? Et un peu sinistres, aussi, commenta-t-il, en s'étonnant lui-même de ces bribes d'informations qui revenaient à sa mémoire.

Hayden le regarda, surprise et ravie en même temps.

— Justement, je veux articuler mon cours sur les fausses idées qui courent à propos de certains artistes et sur leur façon d'employer la couleur. Savais-tu, par exemple, que *La Ronde de nuit* de Rembrandt est en fait une scène de jour ?

— Je n'ai qu'un vague souvenir de ce tableau, mais il me semble qu'il était assez sombre, non ?

— Il l'était… ou plutôt, c'était ce qu'on croyait jusqu'à la restauration de la toile. Lorsqu'on a enlevé les nombreuses couches de vernis jauni qui couvraient la peinture, les couleurs originales se sont révélées beaucoup plus claires. Et ce n'est pas la seule œuvre dans ce cas, nombreux sont les tableaux de

Rembrandt qui ont montré, après restauration, à quel point il maîtrisait l'usage de la couleur.

Brody l'écouta attentivement, charmé par la passion qui animait Hayden au fur et à mesure qu'elle déroulait son explication.

— La même chose s'est produite avec Michel-Ange. Après la restauration de la chapelle Sixtine, le monde de l'art a été bouleversé par les teintes vibrantes et la force des couleurs qu'il avait employées, continua-t-elle.

— Je l'ignorais.

— On a mis plus de temps à nettoyer la voûte qu'il en avait fallu pour la peindre, ajouta Hayden. La poussière et la crasse s'étaient tellement accumulées durant plus de cinq siècles, qu'une fois propre, l'ensemble des scènes semblait complètement différent. C'est l'une des choses que je veux apprendre à mes étudiants.

— Un peu comme lorsqu'on lisse la glace à la mi-temps, dit-il. Cela change complètement le jeu.

— Ouais… On peut y voir une certaine analogie, répondit-elle.

Elle avait l'air de contenir une envie de rire, mais Brody ne s'en offusqua pas.

— L'art est très important pour toi, n'est-ce pas ?

— C'est ma passion, oui.

Il sourit. Les femmes qu'il avait fréquentées jusque-là n'étaient passionnées qu'au lit, et cette lumière vive qui éclairait le regard vert de Hayden le toucha profondément. C'était la première fois, songea-t-il, qu'elle partageait avec lui quelque chose de personnel, et cela l'enchantait. Vraiment.

— Et tu peins, aussi ?

— Je peignais et je dessinais beaucoup quand j'étais plus jeune, mais pas tellement, ces derniers temps.

— Comment ça se fait ?

— Le travail des autres m'a toujours paru plus intéressant que le mien, dit-elle, avec un haussement d'épaules. J'étais inscrite pour un DEUG aux Beaux-Arts, mais j'ai préféré faire une maîtrise en histoire de l'art, car j'ai découvert que je préférais étudier les grands artistes plutôt qu'essayer de devenir peintre moi-même. Et toi, qu'as-tu étudié, à la fac ?

— Sciences du sport, répondit-il. Tu sais, kinésithérapie, médecine du sport. Et coaching athlétique en option.

— Sérieux ?

Il ne répondit pas, car il avait la désagréable impression qu'elle mettait en doute ses paroles. C'était comme retourner au lycée de nouveau et se retrouver encore une fois face à ces professeurs qui s'obstinaient à le prendre pour un cancre simplement parce qu'il était très bon en sport. C'était une étiquette qu'on lui avait collée et dont il n'était pas parvenu à se débarrasser malgré tous ses efforts pour avoir de bonnes notes.

— Je te crois, Brody, vraiment, dit-elle aussitôt, comme si elle avait deviné ses pensées. C'est juste que… la plupart des athlètes que j'ai connus sont allés à l'université juste pour avancer dans leurs carrières, sans se soucier du volet académique de leurs études.

— Mes parents m'auraient tué si je n'obtenais pas une bonne moyenne, expliqua-t-il, en roulant les yeux. Si je ramenais une mauvaise note, ils me privaient de hockey.

Hayden sembla impressionnée.

— Que font-ils dans la vie ? demanda-t-elle.

— Mon père est garagiste et maman coiffeuse. Et quand j'étais petit, les fins de mois étaient plutôt difficiles, dit-il.

Mais d'après la suite luxueuse dans laquelle ils se trouvaient, Hayden avait grandi dans un milieu complètement différent, songea-t-il sans le dire, en se demandant en même temps pourquoi il avait évoqué son enfance. Il détestait en parler, même y penser. Ses parents, qu'il adorait, avaient eu une vie difficile, et il préférait oublier le froid féroce de l'hiver dans le Michigan quand il fallait économiser sur le chauffage. Heureusement, grâce à sa réussite professionnelle, ses parents n'auraient plus à se soucier de l'avenir.

Le téléphone retentit, mettant un point final à leur conversation. Brody soupira imperceptiblement, soulagé.

— Le pique-nique arrive, annonça Hayden, en se levant pour accueillir l'employé qui montait par l'ascenseur.

Brody alluma la télévision et zappa d'une chaîne à l'autre jusqu'à ce qu'il tombe sur le journal de 11 heures. Hayden revint vers la table en poussant le chariot avec les assiettes, et en posa une devant lui. Il était affamé, en fait, s'aperçut-il en soulevant la cloche qui gardait au chaud le hamburger et les frites. Il n'avait rien mangé depuis midi, mais la scène torride qu'il venait de vivre avec Hayden lui avait fait oublier ce détail.

Il s'apprêtait à croquer son sandwich, lorsqu'un visage familier apparut sur l'écran. Presley Houston. Il posa le cheeseburger, soudain gêné. Hayden, visiblement inquiète, prit la télécommande et monta le volume. Ils purent entendre la fin du commentaire du journaliste.

« … Cet après-midi, pour confirmer les rumeurs qui couraient à propos du club de hockey de la ville. Le joueur, qui a demandé à garder l'anonymat, affirme qu'il y a eu cette saison des matchs arrangés et des paris illégaux, et que le président des Warriors, Presley Houston, en est le responsable. »

Brody souffla entre ses dents, et à ses côtés, Hayden étouffa un cri de surprise.

« Le porte-parole de la Ligue a annoncé, il y a une heure, qu'il y aurait une enquête approfondie afin d'éclaircir les faits. »

Le reportage continua avec une récapitulation des accusations qui pesaient sur le père de Hayden, le fait qu'il se trouvait en instance de divorce, et les rumeurs à propos d'une liaison entre Mme Houston et l'un des joueurs du club. A ce moment, Brody éteignit le poste.

Qui était ce joueur qui avait confirmé les rumeurs ? se demanda-t-il. Il ne pouvait pas s'agir de Becker, car son ami l'aurait appelé avant pour le prévenir. Aucun doute là-dessus.

Craig Wyatt, en revanche, lui semblait l'option la plus plausible. La presse ne s'était pas montrée tendre avec Sheila Houston, et certains médias l'avaient même accusée de mentir pour porter préjudice à son futur ex-mari. Brody pouvait imaginer aisément que le capitaine de l'équipe ait décidé de monter au créneau pour défendre la femme avec laquelle il avait une relation.

La migraine qu'il avait essayé d'enrayer durant toute la soirée revint en force. Oh, qu'il donnerait cher pour savoir lequel de ses coéquipiers avait parlé, pensa-t-il, en se massant les tempes. En tout cas, ce revirement de situation était de mauvais augure pour le match du lendemain, car aucun membre de l'équipe ne pourrait se concentrer sur le jeu en sachant qu'une enquête allait s'abattre sur le club.

— Ce n'est pas vrai.

La voix de Hayden le sortit de ses pensées, et il se tourna vers elle, dont les grands yeux verts le fixaient avec un regard implorant.

— Tu es d'accord, n'est-ce pas ? demanda-t-elle, d'un ton las. Ce n'est pas vrai.

— Je ne sais pas, dit-il, en picorant distraitement une frite, qu'il ne porta même pas à sa bouche. Je n'en sais fichtre rien, bébé. Jusqu'ici, il n'y a pas de preuves contre ton père.

— Jusqu'ici, comme tu dis. Mais ce journaliste a dit que les rumeurs avaient été confirmées…

Sa voix se brisa, et Brody eut un pincement au cœur en regardant son expression tourmentée.

— As-tu… Mon père t'a-t-il…

Hayden s'interrompit de nouveau, comme si ce qu'elle allait dire lui coûtait un effort surhumain.

— Est-ce que mon père a essayé de te suborner, toi ? demanda-t-elle enfin.

— Non, jamais.

— Mais il a pu proposer de l'argent à quelqu'un d'autre, à d'autres joueurs, non ?

— Il aurait pu, peut-être, hasarda-t-il, prudent.

Hayden resta silencieuse, l'air si triste qu'il ne put que la prendre dans ses bras. Ses cheveux chatouillaient son menton et son parfum sucré emplissait ses narines, lui donnant une envie folle de l'embrasser et de lui faire l'amour. Sauf que le moment était mal choisi pour cela. Hayden était bouleversée, elle avait besoin de réconfort, non pas de sexe.

— Quelle sale affaire, vraiment, murmura-t-elle. Déjà que papa était stressé au plus haut point avec le divorce, et maintenant…

Elle redressa soudain la tête, sa bouche d'ordinaire si douce serrée en une ligne fine et tendue.

— Je refuse de croire qu'il a fait ce dont on l'accuse. Mon père peut avoir beaucoup de défauts, mais il n'est pas un truand.

Son regard exprimait une certitude sans faille, et Brody préféra ne rien dire. Il avait toujours admiré et respecté Presley Houston, mais d'après son expérience, même les gens qu'on admire et respecte le plus peuvent se révéler décevants.

— Quiconque a parlé, a menti, dit Hayden avec fermeté. L'enquête se chargera de rétablir la vérité. Il le faut, continua-t-elle, en se blottissant de nouveau contre lui. Je n'ai plus envie de penser à tout cela. Et si on faisait comme si nous n'avions pas entendu les infos ? D'ailleurs, tant qu'à faire, faisons aussi comme si j'étais venue à Chicago en vacances… Oh, oui, des vacances, je donnerais cher pour quelques jours de vraies vacances. J'ai besoin de m'amuser.

— Que voudrais-tu faire, par exemple ? demanda-t-il, en caressant ses cheveux soyeux.

— Aller au ciné, dit-elle en souriant. Je n'y suis pas allée depuis des siècles. Ou juste aller nous promener au bord du lac... Peu importe, pourvu qu'on prenne du bon temps, que diable !

A regret, Brody se vit obligé de la décevoir.

— J'adorerais, dit-il avec un sourire d'excuse. Mais je ne peux pas. Je prends l'avion demain matin à 9 heures avec toute l'équipe. Nous avons un match à Los Angeles.

— Ah, oui, c'est vrai, papa m'en avait parlé, il me semble, dit-elle en tentant de cacher sa déception.

Elle se pencha en avant pour chipoter la nourriture dans son assiette, et Brody dut réprimer l'envie de la garder dans ses bras.

— Et dimanche ? proposa-t-il, en cherchant un moyen de se rattraper sans toutefois savoir pourquoi, au juste, il ressentait ce besoin.

— J'ai une soirée... Apparemment, c'est important pour mon père.

— Ce n'est que partie remise, alors. Je vais te concocter une sortie pour que tu t'amuses pour de bon, promis.

— Ne t'inquiète pas, Brody, dit-elle avec une expression lasse. Tu n'as pas à me ménager. En plus, c'est probablement une mauvaise idée que nous sortions ensemble.

— Pourquoi ce serait une mauvaise idée ? s'insurgea-t-il.

Hayden lâcha un soupir exaspéré.

— Mais Brody, parce que nous ne sortons pas ensemble. Il n'y a rien de sérieux entre nous, c'est une aventure, du sexe, des fantasmes à assouvir. Voilà pourquoi.

Une aventure, pensa Brody avec acrimonie. Il en avait sa

claque, des aventures. Pendant les dix dernières années, toutes ses relations se résumaient à ce mot, et l'idée de quelque chose d'un tant soit peu plus sérieux ne lui avait jamais effleuré l'esprit. Jusqu'à ce qu'il rencontre Hayden. Elle lui plaisait vraiment. Que diable, il avait même éprouvé une pointe d'excitation lorsqu'elle avait suggéré de faire ensemble ces choses banales que font les couples, comme aller au cinéma ou en balade, alors qu'aucune femme auparavant ne lui avait donné l'envie de partager ce genre d'expériences. A vrai dire, jusque-là, il se fichait pas mal des femmes avec lesquelles il couchait, et d'ailleurs, elles aussi.

C'était assez incroyable, en y songeant, mais Hayden était la première personne qui lui ait posé des questions sur ses parents ou ses études, en dehors des journalistes. Que des questions sans importance que les gens échangent lors des premières rencontres, et qui pourtant avaient manqué dans ses relations, songea-t-il. Et le plus étonnant, c'était qu'il avait ressenti, au moment même où Hayden l'avait abordé dans ce bar, qu'il pourrait établir une relation profonde avec elle.

Ironie du sort, elle ne souhaitait rien d'autre qu'une aventure.

— Il me semble que nous étions convenus de rester ouverts à ce qui pourrait arriver ? demanda-t-il, calme.

— Je compte rester ouverte, répondit-elle, en le regardant dans les yeux. Mais franchement, j'ai du mal à imaginer que notre relation puisse évoluer vers quelque chose de durable.

— Mais pourquoi es-tu si sceptique ?

— Parce que je vis à l'autre bout du pays, déjà, répondit-elle, d'un ton d'évidence. Et même sans la distance, nos vies ne sont pas compatibles.

— Pourquoi, au juste ? demanda-t-il, en sentant l'irritation monter en lui.

— Parce que je suis professeur à Berkeley, et que tu es un joueur de hockey.

— Et alors ?

— Alors, nos carrières en disent long sur tout ce qui nous sépare. Je connais bien ton monde, Brody, j'ai grandi dedans. La plupart des conversations avec mon père, je les ai eues dans des avions, parce qu'on voyageait constamment pour voir son équipe jouer. J'ai habité dans cinq Etats différents en moins de quinze ans. Et j'ai détesté ça.

— Ton père était entraîneur, souligna-t-il.

— Mais un joueur voyage tout autant, et tu le sais bien. Je n'avais pas mon mot à dire sur la carrière de mon père, mais je sais ce que j'attends de l'homme qui partagera ma vie. Et je ne veux pas m'engager avec quelqu'un qui ne sera jamais là.

— Et ton ami à San Francisco, que fait-il dans la vie ?

Hayden regarda ailleurs et lissa machinalement un coussin qui n'en avait nul besoin. A l'évidence, parler de « l'autre », songea Brody, la mettait mal à l'aise.

— Il enseigne aussi l'histoire à Berkeley.

Génial, un intellectuel.

— Et quoi d'autre ? insista-t-il.

— Comment ça, quoi d'autre ? balbutia-t-elle.

— Vous adorez l'art tous les deux, soit. Mais à part ça, pourquoi votre relation est-elle si précieuse ? demanda-t-il, étonné lui-même du sarcasme qu'il avait mis dans sa question.

Il était en train de se comporter comme un parfait salopard, se dit-il. Et à l'expression agacée de Hayden, il déduisit qu'elle pensait exactement la même chose.

— Ce qui se passe entre Doug et moi ne te regarde pas. J'étais d'accord pour ne coucher qu'avec toi le temps que notre liaison durera, mais je ne compte pas discuter de lui avec toi.

— Ce n'est pas de lui que je veux parler, protesta Brody. Je veux seulement mieux te connaître, parce que je veux comprendre pourquoi tu crois que nous n'avons rien à faire ensemble.

— Bon sang, mais c'est évident ! « Je veux, je veux » ! C'est toi qui le dis, tu obtiens toujours ce que tu veux. C'est à cause de cela que je ressens ce que je ressens. J'en ai assez des mecs qui « veulent », mais qui ne donnent rien. Vous êtes obnubilés par vos envies et vos carrières, et je passe toujours en dernier. Eh bien, j'en ai ma claque. Doug n'est peut-être pas l'homme le plus excitant de la planète, mais au moins, il veut les mêmes choses que moi : un mariage solide, un foyer stable. C'est ça que je cherche dans une relation.

Un silence de plomb s'abattit sur eux, tandis qu'il cherchait quelque chose à répondre. Hayden projetait sur eux la frustration qu'elle ressentait vis-à-vis de son père et des hommes de sa vie, comprit Brody. Mais il ne pouvait s'en prendre qu'à lui-même, c'était lui qui avait ouvert la boîte de Pandore, c'était lui qui l'avait poussée dans ses retranchements. Il n'aurait jamais dû insister pour qu'elle parle de ce Doug, et encore moins insister pour qu'elle lui donne une chance qu'elle n'était pas encore prête à accorder. Ni à lui, ni à qui que ce soit.

Avait-il grillé ses chances avec elle ?

— Ce n'était pas une bonne idée de t'appeler, ce soir, dit-elle.

Et voilà qui répondait sans ambages à la question qu'il n'avait pas eu le temps de formuler.

Il avait raté sa chance avec elle.

« Bien joué, Brody, bien joué. »

La dernière chose dont Hayden avait envie ce dimanche soir, c'était d'assister à la soirée d'anniversaire donnée en l'honneur d'un riche entrepreneur, ami de son père. Mais ce dernier y tenait tellement qu'elle s'y résigna, tout en sachant qu'une fois en société son père jouerait les boute-en-train, et elle, la belle plante, seule près du buffet.

Mais le devoir filial l'appelait. Et après le fiasco avec Brody vendredi soir, considéra-t-elle, il valait peut-être mieux qu'elle sorte, au lieu de rester seule dans son hôtel à broyer du noir.

Vers 8 heures, elle s'approcha du Gallager Club, une prestigieuse institution au cœur du quartier le plus huppé de Chicago. Les membres étaient triés sur le volet, et son père adorait se vanter de son appartenance à cette société si sélecte. Au volant de sa Honda de location, elle aperçut une petite foule à la porte de l'établissement et plusieurs camions de télévision garés sur les côtés de la rue.

Des journalistes.

Qui étaient sans doute venus harceler son père.

Ces vautours, encore. Hayden prit une série d'inspirations profondes et pria pour qu'ils ne la reconnaissent pas. Son père avait-il parlé à la presse ? Avait-il nié ces absurdes accusations qu'on avait lancées contre lui ? se demanda-t-elle en attendant que le voiturier vienne s'occuper de son véhicule.

— Bonsoir, madame. Puis-je prendre vos clés ?

Elle acquiesça et sortit de la voiture.

— Davis va vous accompagner à l'intérieur, si vous permettez, madame, ajouta-t-il.

Elle se laissa escorter par ledit Davis, un grand costaud engoncé dans un smoking noir, et monta les marches qui conduisaient à l'intérieur du bâtiment.

— Bonne soirée, madame, salua le cerbère avec un bref hochement de tête, en ouvrant pour elle les doubles battants de la porte en chêne.

Elle le remercia avec un sourire, et s'avança vers l'immense hall dallé en marbre noir. Un lustre monumental étincelait quelques mètres au-dessus de sa tête, et elle s'arrêta à l'entrée du vestiaire pour vérifier l'état de sa tenue. Après de longues hésitations, elle avait choisi une robe longue argentée qui mettait en valeur son décolleté. Elle replaça une bretelle. A l'hôtel, en se préparant, elle n'avait pas cessé de penser à Brody, au fait qu'il aurait apprécié la façon dont la robe épousait ses courbes... et au peu de temps qu'il aurait mis à la lui ôter.

La manière dont leur dernière soirée s'était finie la chagrinait encore. Brody était rentré chez lui parce qu'il avait cet avion à prendre tôt le lendemain, et il avait pris l'ascenseur avec l'expression d'un homme qui quitte le champ de bataille après une défaite.

C'était ainsi qu'elle se sentait, défaite, vaincue. Qu'est-ce qui lui avait pris, l'autre soir ? Après avoir insisté lourdement pour qu'il comprenne qu'elle ne voulait qu'une aventure, elle lui avait proposé qu'ils sortent ensemble comme s'ils étaient un véritable couple ! Mais c'est qu'elle avait vraiment apprécié leur conversation sur le canapé. C'était fluide, détendu. Et avant qu'elle n'ait pu se rendre compte de ce qu'elle faisait, ses vieilles habitudes avaient repris le dessus : elle avait agi comme si elle souhaitait s'engager dans une relation durable.

Ce n'était pas une si mauvaise chose, finalement, que Brody ait été obligé de partir si tôt. Cela lui avait remis les idées en place. Elle voulait partager sa vie avec quelqu'un de stable, et non pas avec un homme qui passait la moitié de l'année en déplacement. Et malgré l'attrait puissant que Brody exerçait sur elle, elle savait qu'il ne pourrait jamais être cet homme-là.

Elle secoua la tête comme si le geste pouvait chasser ces pensées, et entra dans la salle de bal en même temps qu'un groupe d'hommes en smoking qui discutaient, évidemment, de hockey. Tout le gratin de Chicago se trouvait là en tenue de gala. Un orchestre jouait du Sinatra au bord de la piste de danse qui occupait le centre de la pièce, et avant qu'elle n'ait pu faire un pas, un serveur lui avait déjà mis dans la main une coupe de champagne.

Elle se força à afficher un sourire enjoué et soudain, une silhouette familière attira son attention.

— Darcy ? s'exclama-t-elle, ravie.

Sa copine se tourna vers elle, sa longue chevelure auburn déployée sur ses épaules.

— Ey ! Mais que fais-tu ici ? demanda Darcy.

— Mon père tenait absolument à ce que je vienne, dit-elle avec une grimace. Et, incroyable mais vrai, j'ai cru pendant un moment qu'il avait envie de passer du temps avec moi. Passons… Dis-moi plutôt ce que toi, tu fais ici.

— Je connais l'homme du jour. C'est mon meilleur client, et je ne pouvais pas me permettre de le froisser et prendre le risque qu'il ne vienne plus dépenser des fortunes dans ma boutique, expliqua la rousse, avec un petit ricanement. A vrai dire, je pense qu'il me court après… Enfin, il peut toujours rêver.

— D'ailleurs, qui est cet homme du jour ? Mon père a oublié de le mentionner.

— Jonas Quade. Il est riche comme Crésus, se prend pour un philanthrope et dépense un argent fou en lingerie pour ses maîtresses, comme je te disais. Il est imbu de sa personne à un point insupportable, mais vu sa place dans mon chiffre d'affaires, je fais la belle et je me tais. Tiens, en parlant du loup…

Un quinquagénaire grisonnant bâti comme Schwarzenegger et bronzé comme Belmondo s'approcha d'elles, suivi d'une blonde rondelette visiblement ennuyée par l'enthousiasme que son cavalier montrait à Darcy.

— Darcy ! s'écria Quade avec délices. Quel plaisir de vous avoir parmi nous !

— Bon anniversaire, monsieur Quade, répondit Darcy, polie.

— Margaret, je te présente Darcy, la propriétaire de la boutique où je t'achète ces ensembles exquis. Darcy, voici mon épouse, Margaret.

Hayden ne manqua pas de remarquer l'effort que son amie fournissait pour ne pas se montrer ironique, et elle ne put s'empêcher de se demander si Mme Quade savait ne pas être la seule femme à qui son mari achetait des ensembles exquis.

— Et qui est votre charmante amie ? s'enquit Quade, en posant ses yeux sur elle.

Par chance, avant que Darcy ait pu décliner son identité, Margaret saisit le bras de son époux pour attirer son attention.

— Chéri, Marcus veut te parler, dit Mme Quade, en profitant de l'occasion pour éloigner son mari des deux jeunes femmes.

— Amusez-vous bien, lança l'entrepreneur par-dessus son épaule.

— Cette pauvre femme, commenta Darcy. Elle n'a aucune idée…

— Tu parles, elle sait. Je suis sûre que si on regardait « infidèle » dans le dictionnaire, on tomberait sur une photo de ce type.

Elles gloussèrent toutes les deux comme des midinettes. Peut-être qu'après tout, se dit Hayden, cette fête allait s'avérer moins fastidieuse que prévu.

— Voulez-vous danser avec moi ? demanda alors un séduisant inconnu en regardant Darcy avec des yeux d'enjôleurs.

Evidemment, pensa Hayden, dépitée. C'était naïf de sa part d'avoir cru que Darcy, avec cette robe blanche qui laissait si peu de place à l'imagination, pouvait traverser la soirée sans être assiégée de sollicitations.

— Pourquoi pas ? minauda son amie après avoir regardé

de haut en bas son prétendant. Je te revois plus tard, d'accord ? ajouta-t-elle, en tendant sa coupe à Hayden.

— Bien sûr. Profite de la musique.

Hayden la regarda évoluer dans les bras de son cavalier. Quelle barbe ! Elle allait finir la soirée comme elle l'avait commencée : seule et déprimée.

— Hayden, ma chérie !

La voix de son père s'éleva au-dessus de la musique et le murmure des conversations. Il s'approcha d'elle, un verre de bourbon à la main et un cigare qu'il n'avait pas allumé au coin de la bouche.

— Salut, papa, dit-elle, en se hissant sur la pointe des pieds pour l'embrasser. On dirait que tu t'amuses bien.

— Tout à fait, tout à fait. Tu es superbe, mon trésor.

Quelque chose dans son sourire euphorique l'alerta. Elle n'aurait pas su dire pourquoi, car son père souriait constamment. Elle l'observa avec attention. Ces joues rougissantes, ces yeux qui brillaient trop…

Comme s'il s'agissait d'un augure de Cassandre, la voix de Sheila se faufila dans ses pensées. « Ton père s'est remis à boire. »

— Tu vas bien, sinon ? demanda-t-elle, incapable de dissimuler l'anxiété dans sa voix. Je te trouve un peu… tendu.

— Mais non, mais non. Je suis en pleine forme.

— C'est que j'ai vu les journalistes à l'entrée, et…

« … Et je voulais que tu m'assures que tout ce qu'ils racontent sur ces paris illégaux n'est qu'un tas de mensonges. »

— Oublie ces sangsues, grommela Presley, en prenant une longue gorgée d'alcool. Ce sont des faiseurs de trouble qui font couler de l'encre pour mieux vendre leurs torchons. Mais ce n'est pas l'endroit pour discuter de cela. Martin Hargrove vient de me demander de tes nouvelles. Tu te souviens de lui, n'est-ce pas ? Il possède une chaîne de restaurants…

— Papa, tu ne peux pas continuer à fermer les yeux, le coupa-t-elle. Qui est ce joueur qui a parlé ? J'ai essayé de te joindre hier toute la journée pour en parler, et je suis tombée chaque fois sur ta messagerie.

— Je jouais au golf avec le juge Harrison, il n'y a pas de couverture réseau sur le parcours, expliqua son père, en ignorant sa question.

Bon sang, mais pourquoi agissait-il comme si de rien n'était ? L'heure était grave, les accusations encore plus, et son père continuait à jouer au golf, à assister à des soirées et à briller en société, alors que sa vie et tout ce qu'il avait construit pouvaient s'écrouler d'un moment à l'autre. Même si elle refusait de croire les rumeurs, Hayden savait pertinemment qu'ils ne sortiraient pas indemnes de cet affreux scandale.

— As-tu pu au moins discuter avec le juge Harrison de ce que tu devrais faire par la suite ?

— Et pourquoi diable ferais-je cela ?

— Parce que les choses commencent à se corser, papa, s'irrita-t-elle, en serrant les poings autour des verres qu'elle tenait dans chaque main. Tu devrais donner une conférence de presse pour confirmer ton innocence. En as-tu parlé avec tes avocats, au moins ?

Encore une fois, son père décida de ne pas lui répondre, et combla le silence en finissant son bourbon. Il posa le verre sur le plateau d'un serveur qui passait, en prenant dans le même mouvement une coupe de champagne. Hayden se débarrassa à son tour des coupes, soudain dégoûtée de l'alcool. Elle avait vu son père deux fois dans la dernière semaine, et les deux fois elle avait senti qu'il avait bu. Mais ce soir, il était dans un état d'ébriété patente. Sa façon de se tenir, sa façon compulsive de finir les verres ne laissaient pas de place au doute. Même s'il continuait à nier l'évidence.

— Papa, es-tu obligé de boire autant ?

— Pardon ? demanda son père, le visage crispé.

— J'ai l'impression que tu es… un peu schlass.

— Schlass, mais c'est quoi ce mot que tu me sors, là ? Je t'assure, ma chérie, je ne suis pas ivre. Je n'ai pris que deux verres.

Le ton défensif dont il usa rajouta à l'inquiétude de Hayden. L'un des premiers signes de l'alcoolisme, c'était que la personne concernée minimisait toujours sa consommation excessive…

Elle maudit sa belle-mère pour avoir inoculé ses idées néfastes dans sa tête. Son père n'était pas un alcoolique. Il n'avait pas de problèmes avec la boisson, il n'avait pas trompé Sheila et il n'avait absolument pas arrangé des matchs ou effectué des paris illégaux pour gagner de l'argent.

Des mensonges, tout cela n'était qu'un tas de mensonges.

Le sang battait contre ses tempes, et elle avait la tête qui tournait. Non, elle ne pouvait pas mettre en cause l'intégrité de son père, l'homme qui l'avait élevée seul, l'homme qui avait été son meilleur ami pendant tant d'années.

Elle s'apprêtait à s'excuser auprès de lui, mais il lui coupa l'herbe sous les pieds avant qu'elle n'ait pu ouvrir la bouche.

— Je suis malade d'entendre ces accusations, tu m'entends ? Malade !

— Mais… papa…

— J'en ai assez avec cette hyène de Sheila ! Je n'ai pas besoin d'entendre en plus ces horreurs de la bouche de ma fille !

Hayden regarda son père. Il avait les yeux injectés de sang, les joues cramoisies de colère et une expression si féroce qu'elle recula d'un pas. Oh, Seigneur ! Pour la première fois de sa vie, elle avait peur de son père.

— D'accord, j'ai fait quelques placements malheureux, et alors ? Suis-je un criminel, pour autant ? s'emporta-t-il, si agité que le champagne débordait de sa coupe. Cela ne te donne pas le droit de m'accuser !

— Mais je n'étais pas en train de…

— Je n'ai pas arrangé ces matchs, fulmina-t-il. Et je n'ai pas de problèmes avec l'alcool.

Hayden tourna la tête pour ne pas sentir son haleine avinée qui contredisait sa dernière affirmation. Son père était ivre. Aucun doute là-dessus désormais. Elle le regarda, tétanisée par l'impuissance. Une larme glissa le long de sa joue.

— Hayden… Ma chérie, je ne voulais pas m'emporter comme ça…

Elle ne répondit pas, incapable de faire autre chose qu'essuyer son visage d'une main tremblante.

— Pardonne-moi, mon trésor, murmura son père, en lui caressant l'épaule.

Elle hocha la tête, mais avant qu'elle n'ait pu parler, Jonas Quade avança vers eux à grandes foulées et saisit avec énergie le bras de Presley.

— Ah, Pres, te voilà ! Mon fils Gregory meurt d'envie de faire ta connaissance. C'est le plus grand fan des Warriors.

Son père lui adressa un regard qui voulait dire « on en parlera plus tard ». Elle hocha la tête en silence et, dès qu'il tourna le dos, elle pressa le pas vers la porte-fenêtre qui s'ouvrait sur les jardins.

Avec un peu de chance, elle pourrait trouver un coin pour se cacher avant que les larmes qui débordaient de ses yeux coulent à flots sur son visage.

8.

— Je n'aurais jamais dû te laisser me convaincre de t'accompagner au Gallager Club, se plaignit Sam Becker, en démarrant sa Lexus flambant neuve. Ma femme est furax.

— Allons, tu exagères. Mary est la douceur personnifiée, rétorqua Brody, en songeant à la silhouette délicate de la femme qui partageait la vie de son ami depuis dix-sept ans.

— C'est ce que les gens pensent, mais crois-moi, dans l'intimité elle a son caractère.

— C'est ça, fais-moi pleurer.

— Je te jure, mec, elle a failli m'égorger quand je lui ai dit que je sortais ce soir. Nous n'avions pas de baby-sitter, et elle a dû annuler ses projets. Je vais en entendre parler pendant des mois. A cause de toi.

Brody écouta d'une oreille distraite les remontrances de son ami. Il avait passé le week-end à cogiter sur le meilleur moyen de revoir Hayden pour tenter de mettre leur situation au clair. Bien sûr, il aurait pu l'appeler, mais il n'avait pas osé. La façon dont ils s'étaient quittés vendredi l'avait rendu prudent.

C'est pourquoi, lorsque son ami lui avait téléphoné dans l'après-midi pour discuter du gala de charité auquel ils devaient se rendre le mois suivant, il avait demandé à Becker de sortir son smoking du placard. Hayden avait mentionné cette soirée au Gallager Club, dont Sam était membre et, par voie de conséquence, son sésame magique pour y entrer.

— Et Lucy, elle ne pouvait pas garder sa petite sœur ? Elle a quatorze ans, quand même, vous pouvez lui faire confiance.

— Lucy… Ne m'en parle pas ! Ma fille a un petit copain, s'exclama Sam d'un ton lugubre. Ils sont allés au cinéma, ce soir.

— Bonté divine ! ironisa Brody. Et tu lui as permis de sortir avec lui sans chaperon ?

— Je n'avais pas le choix. Mary m'a dit que c'était de son âge, et que je n'avais pas le droit d'intimider le bonhomme avec mon fusil. D'ailleurs, en parlant de fusil, elle risque de s'en servir contre moi si tu n'acceptes pas de passer une semaine avec nous cet été dans notre chalet au bord du lac. Elle vient de le décorer de nouveau, et elle meurt d'envie de le montrer.

— Je te dois bien ça. J'irai voir mes parents dans le Michigan, mais donne-moi une date, et j'y serai. Promis.

— Mais c'est quoi, ce bordel ?! s'exclama soudain Becker, en donnant un coup de frein.

Un essaim de reporters s'agglutinait à la porte du Gallager Club. Certains se tournèrent vers leur voiture.

Sam ferma les fenêtres et se tourna vers Brody.

— Ces vautours guettent le père Houston.

— Et cela t'étonne ? grommela Brody. Un membre de l'équipe a fait des déclarations fracassantes. Les journalistes doivent boire du petit lait.

Becker s'arrêta devant le voiturier. Brody serra les mâchoires et sortit de la Lexus en même temps que son ami. Aussitôt, la meute de reporters se jeta sur eux.

— Becker ! Croft ! cria l'un des journalistes, la tête collée contre les barreaux de la grille d'entrée. Que pensez-vous des accusations contre Presley Houston ?

Brody, à l'instar de son ami, ignora la question et avança en fixant le sol vers les marches de l'entrée.

— Je déteste cet endroit, grogna Sam en franchissant la porte.

— D'ailleurs, comment se fait-il que tu en sois membre ? demanda Brody, sans vraiment s'intéresser à la réponse.

Il aurait préféré, et de loin, raconter à Becker ce qu'il savait de Craig Wyatt et Sheila Houston, pour voir si son ami pensait alors, comme lui, que le capitaine des Warriors était le joueur qui avait confirmé les accusations portées contre Houston. Mais l'attitude de Sam, épaules rentrées, tête baissée, lui indiqua qu'il n'avait aucune intention de discuter de l'affaire, ni avec la presse, ni avec personne. Et Brody le comprenait. Lui-même n'avait pas réussi à se détendre depuis qu'il avait écouté le journal télévisé avec Hayden.

Et leur défaite la veille à Los Angeles n'avait pas arrangé ses affaires. Perdre un match de play-off était déjà un coup dur, mais le résultat, 6-0, était une véritable catastrophe. Les Warriors avaient joué comme des amateurs et, bien que personne n'ait mentionné le scandale, il était évident que chacun y songeait. Le climat de méfiance entre les membres de l'équipe devenait insoutenable.

— Ma femme est membre d'une des fondations caritatives de Jonas Quade, expliqua Becker pour répondre à sa dernière question. Et lorsque Quade a proposé de me parrainer comme membre de ce club, Mary m'a menacé de divorcer si je n'acceptais pas. Je te l'ai dit, petit, elle n'est pas aussi gentille que tu le penses.

— Tu as dû lui trouver quelques qualités, puisque tu l'as épousée.

— Ouais, c'est vrai, approuva Becker avec un sourire de tendresse. C'est mon âme sœur.

Ils entrèrent dans la salle de bal, où la soirée battait son plein. Brody scanna l'assemblée du regard, à la recherche de Hayden.

— Donc, comment s'appelle-t-elle ? demanda Sam.

— Pardon ? Qui ? demanda Brody.

— Allons, Croft. Si tu m'as traîné ici, c'est parce que j'appartiens à cette institution snob et que tu voulais avoir tes entrées dans la soirée. Et puisque tu n'es pas un arriviste, la seule raison qui a pu te pousser à venir, c'est une femme. Alors, comment s'appelle-t-elle ?

— Hayden, avoua-t-il.

— Et j'en déduis donc qu'elle fait partie du gratin de la ville, poursuivit Becker, en prenant un verre de vin sur le plateau qu'on lui présentait.

— Quelque chose comme ça, confirma Brody, hésitant. C'est la fille de Presley.

Becker parut s'étouffer.

— Presley, Presley ? Le même Presley qui signe nos chèques de salaire ?

— Le même.

— Mauvais choix, mon pote. Ce n'est pas le moment de t'engager dans quoi que ce soit avec un Houston, avec tout ce qui se passe.

— Hayden n'a rien à voir avec cette sale affaire, répondit-il, en dissimulant son irritation. Elle habite en Californie, elle est venue pour soutenir son père pendant son divorce.

— Si jamais la presse apprend que tu couches avec elle, ils vont s'en donner à cœur joie. Je vois les titres d'ici : « Mlle Houston achète le silence d'un Warrior grâce à ses charmes. »

Brody sentit ses cheveux se dresser à l'idée.

— Tu parles comme si j'avais quelque chose à cacher. Sam… Sais-tu quelque chose à propos de ces matchs arrangés ?

— Bien sûr que non ! protesta son ami.

— Es-tu sûr ? insista-t-il, d'une voix hésitante. Tu n'as pas accepté de l'argent pour perdre, n'est-ce pas ?

Becker le regarda avec des yeux exorbités, et la veine qui barrait son front devint toute bleue.

— Tu penses vraiment que j'aurais pu frauder ? Je joue comme professionnel depuis des années, mon petit. Je gagne assez bien ma vie, crois-moi.

— Je n'ai pas dit que tu l'avais fait, répondit Brody d'une voix calme pour tenter de détendre son ami. Mais ce que tu viens de dire… J'ai l'impression que tu en sais plus long que le reste d'entre nous à propos de l'affaire. Pres t'a-t-il confié quelque chose ?

Bien que Sam semblât plus calme, Brody ne manqua pas de remarquer son regard fuyant et son attitude agressive, complètement à l'opposé de sa bonhomie habituelle.

— Ecoute, je ne sais rien de plus que toi, affirma enfin Becker.

— C'est-à-dire que…, hésita Brody. Moi, je crois savoir quelque chose.

— De quoi parles-tu ? lui demanda son collègue, de nouveau sur le qui-vive.

Le moment était aussi mal choisi que l'endroit, mais Brody décida de mettre son ami au courant de ce qu'il savait à propos de Sheila Houston et du capitaine de l'équipe.

— Si elle a confié quelque chose à Craig, c'est peut-être lui qui a confirmé les rumeurs. Penses-tu que je doive faire quelque chose ?

Sam lâcha un soupir découragé. Il avait l'air choqué.

— Franchement… A ta place, je garderais ça pour moi.

— Mais pourquoi ?

— Parce que si tu t'en mêles, on ne va pas tarder à te soupçonner toi aussi.

Becker n'avait pas tort, songea Brody. Cependant, il avait observé Craig Wyatt ces derniers temps. Il était encore plus silencieux que d'habitude, et lorsqu'il ouvrait la bouche, c'était pour engueuler un membre de l'équipe sur son jeu peu reluisant. Non, il n'avait aucune envie de s'impliquer dans le scandale, mais il détestait encore plus rester les bras croisés en sachant un coéquipier en souffrance. Et Wyatt, en l'occurrence, avait besoin d'un ami qui lui tende une main.

— Ne te crée pas de problèmes avec Craig, gamin, insista Becker. Et si vraiment tu tiens à lui parler, laisse-moi faire, d'accord ?

Brody lança à son ami un regard surpris.

— Tu ferais ça pour moi ?

Becker lui donna une bourrade affectueuse.

— Evidemment. Je ne suis qu'un vieux joueur bon pour la retraite, mais tu as encore de belles années devant toi, et je ne veux pas que tu gâches ta carrière si jamais notre cher Presley s'est laissé corrompre parce qu'il avait besoin de fric.

— Mes deux joueurs préférés ! fit une voix dans leurs dos.

En parlant du loup… Brody sourit à son ami pour lui exprimer sa gratitude, et tous les deux se tournèrent vers leur patron, qui avançait vers eux avec un sourire jusqu'aux oreilles et une coupe de champagne à la main. C'était épatant qu'il puisse se montrer si joyeux, compte tenu des circonstances, songea Brody. Soit les accusations étaient fausses, conclut-il, soit ce vieux Pres était passé maître dans l'art de la dissimulation.

— Ça boume ? demanda Presley.

— On vient d'arriver, répondit Becker.

— C'est bien, ça commence à s'animer, dit leur patron, en vidant sa coupe d'un trait pour en prendre aussitôt une autre.

— Hayden est-elle des nôtres, ce soir ? demanda Brody.

Sa voix trahit son empressement, et, du coin de l'œil, il vit Sam faire la grimace.

— Je crois qu'elle est dans le patio, répondit Presley, l'air mal à l'aise en entendant mentionner sa fille.

Hayden était venue, c'était tout ce qu'il voulait savoir. Sans la moindre hésitation, Brody laissa Sam aux prises avec l'état d'ébriété de leur patron. Son ami avait passé la moitié de sa vie dans ce milieu, et il savait mieux que personne gérer les situations les plus délicates, aussi bien sur le terrain qu'ailleurs.

Il traversa l'immense salon en direction du patio, et s'arrêta, le souffle coupé, sur le seuil d'une des portes-fenêtres. Hayden, dos à lui, se tenait à la rambarde qui surplombait les jardins de la propriété. Ses cheveux bruns tombaient en cascade sur ses épaules délicates, et la robe argentée qu'elle portait mettait en valeur ses courbes affolantes.

Il la contempla longuement, étonné encore une fois de l'effet que cette femme produisait en lui.

Soudain, Hayden se tourna vers lui, comme si elle avait senti sa présence.

Leurs regards se croisèrent, et il ne tarda pas à remarquer que ses yeux veloutés étaient pleins de larmes. Il atteignit la rambarde en deux foulées.

— Hey, qu'est-ce qu'il y a ? murmura-t-il, en posant ses mains autour de sa taille de guêpe pour l'attirer vers lui.

Elle se blottit contre lui.

— Que fais-tu ici ? demanda-t-elle.

— Je suis venu avec un ami, répondit-il. Je m'en félicite, d'ailleurs, tu as l'air défaite.

— Merci, j'avais besoin d'entendre quelque chose de gentil, marmonna Hayden, tout contre sa poitrine.

— Comme si tu avais besoin de moi pour savoir que tu es la

plus ravissante des femmes présentes, dit-il, en laissant glisser sa main vers sa cambrure.

Son corps réagissait comme une bête sauvage au contact de ce corps tout en courbes, mais il se raisonna. Ce n'était pas le moment.

— Dis-moi plutôt pourquoi tu pleures, dit-il, en frôlant avec un pouce sa joue. Que s'est-il passé ?

— Rien.

— Hayden.

Elle leva son visage, un regard défiant dans les yeux.

— Rien de grave, Brody. Retourne dans le salon, et profite de la soirée.

— Je me fiche de la soirée. Je suis venu pour te voir.

— Bon, moi, j'étais venue pour voir mon père, dit-elle, avant de se retourner de nouveau pour regarder les jardins.

La température avait chuté brusquement, et quelques nuages dans le ciel annonçaient un orage imminent. Le vent qui soufflait de plus en plus fort faisait ondoyer l'immense tapis d'herbe qui se déployait à leurs pieds et amenait jusqu'au patio pavé l'odeur douce des fleurs de printemps. Mais Brody ne pouvait pas apprécier le charme du moment, pas tant que Hayden, à ses côtés, semblait si malheureuse.

Et belle. Dieu qu'elle était belle ! Cette robe argentée moulante, ces sandales vertigineuses… Et ses lèvres rosées et douces comme des pétales de rose… Il la désirait avec autant de force, si ce n'est plus, qu'il l'avait désirée le soir de leur rencontre. Et ce n'était pas qu'une question de sexe. Pour une raison qu'il ignorait, cette femme éveillait en lui des instincts de protection qu'il ignorait posséder.

— S'il te plaît, Hayden, dis-moi ce qui s'est passé.

Hayden garda le silence si longtemps qu'il crut qu'elle n'allait pas répondre. Mais lorsqu'elle ouvrit la bouche, les mots sortirent de sa bouche comme une rafale de balles d'un fusil.

— Je crois que mon père boit. Il m'a hurlé dessus lorsque je l'ai interrogé au sujet de l'alcool, et ensuite, il a proféré quelques mots incohérents à propos de je ne sais quels mauvais investissements. Je crains qu'il n'ait fait ces choses dont on l'accuse. Oh, Brody ! Je pense qu'il y a de fortes chances pour qu'il ait arrangé des matchs et gagné de l'argent avec des paris illégaux.

Brody eut l'impression de recevoir un coup de poing en pleine figure, et il enfonça ses mains, soudain glacées, dans les poches de son pantalon. Et m… Il n'avait pas envie d'avoir cette conversation, et encore moins avec Hayden. Pas tant qu'il ne savait pas lui-même sur quel pied danser. Il espérait seulement qu'elle ne lui poserait pas de questions à propos de ce qu'il savait, car il serait forcé de lui apprendre des choses qu'elle aurait certainement préféré ignorer.

— Je ne sais pas ce que je dois faire, murmura-t-elle. Je ne sais pas comment l'aider. Je ne sais pas s'il est innocent ou coupable. Et je n'ai pas de preuves concernant son alcoolisme, mais il me suffit de l'avoir vu ce soir pour savoir que quelque chose ne tourne pas rond chez lui.

— Si tu veux lui parler, attends en tout cas un moment où il sera à jeun.

— J'ai essayé… Mais il évite de se trouver en tête à tête avec moi. Et lorsque par hasard cela arrive, il change de conversation. Il ne me laisse pas l'aider, Brody.

Il la berça dans ses bras pour essayer de la consoler.

— Je n'aurais jamais cru que mon père pourrait un jour me traiter comme… comme son ennemie. Il m'a engueulée, il ne m'avait jamais, mais jamais, parlé comme cela. Il m'a regardée comme si j'étais un journaliste qui lui cherchait des noises, et non sa fille, sa seule famille.

— Vous étiez très proches ? demanda-t-il tout bas en lui caressant les cheveux.

— Très, dit-elle dans un soupir. Mais à présent, seule l'équipe l'intéresse.

— Je suis certain que cela n'est pas vrai.

Elle s'écarta de lui pour le regarder dans les yeux.

— Dis-moi, depuis le temps que tu joues avec les Warriors, combien de fois a-t-il mentionné mon existence ?

— Beaucoup, souvent, mentit-il d'un ton peu convaincu.

— Beaucoup ? Tu en es sûr ?

— D'accord, j'avoue, il ne l'a jamais fait, reconnut-il. Mais je ne suis qu'un joueur, pas son ami, encore moins son confident.

— Mon père est obsédé par son équipe, c'est comme ça. Le hockey a toujours été sa passion, mais depuis qu'il possède sa propre équipe, sa monomanie a atteint des sommets. En plus, ce n'est plus comme avant. Avant, ce qui l'intéressait, c'était le jeu, le sport. Mais désormais, tout tourne autour de l'argent et du pouvoir. C'est malsain.

— Il n'y a rien de malsain à avoir une grande ambition, souligna Brody.

— Je veux bien, mais et la famille, ce n'est pas important, aussi ? Sur qui peux-tu compter lorsque l'argent ou le pouvoir disparaissent ? Qui sera à tes côtés alors pour t'aimer ?

Elle avait raison, et il ne pouvait rien pour la consoler. Brody regarda son visage adorable assombri par le voile d'une tristesse accablante.

— Tu sais qu'avant, nous passions beaucoup de temps à pêcher ensemble ? dit-elle d'un ton nostalgique et amer à la fois. Chaque été, il trouvait le temps de passer une semaine au bord du lac avec moi… Je détestais pêcher, à vrai dire, mais je feignais d'adorer parce que cela me permettait d'avoir mon père pendant des journées entières rien que pour moi.

Elle s'écarta de lui et avança le long de la balustrade, en continuant à parler sans le regarder.

— Nous avons arrêté lorsque je suis partie en Californie. Il m'avait promis qu'on continuerait à y aller lorsque je viendrais en vacances, mais il n'a pas tenu parole. L'année dernière, nous avons passé les vacances ensemble, sur son yacht, c'est vrai… Sauf qu'il y avait Sheila, qui n'a parlé que de ses ongles pendant toute la semaine. Et mon père a passé son temps au téléphone.

Brody la regarda, incapable de trouver des mots qui puissent lui apporter un peu de réconfort. Ses parents, qui avaient passé leur vie à travailler, n'avaient jamais laissé leurs soucis entraver leur relation avec leur fils. Et lui-même, malgré sa condition de vedette sportive, n'avait à aucun moment permis que son emploi du temps l'empêche de traverser le pays pour profiter de la compagnie et de la chaleur de sa famille.

Presley Houston manquait complètement de discernement. Comment pouvait-il, sinon, délaisser sa fille unique qui était, de surcroît, cette jeune femme douce et épatante et passionnée ?

— Mais je ne veux plus continuer à parler de tout cela, conclut Hayden, brusquement. C'est inutile. La distance entre mon père et moi n'a pas cessé de se creuser depuis quelques années. J'ai été idiote de croire qu'il pourrait apprécier vraiment ma présence.

— Je suis certain qu'il l'apprécie. Et il a beaucoup bu, ce soir, bébé. C'est certainement l'alcool qui a parlé lorsqu'il a été si désagréable avec toi.

— L'alcool n'est pas une excuse, rétorqua-t-elle. Oh, là, là. J'ai besoin de sortir d'ici, maintenant. J'ai besoin de calme pour réfléchir.

— J'ai une idée, dit-il, en entourant les épaules de Hayden de son bras puissant. Je connais un endroit parfait pour cela.

Elle l'étudia de son regard perçant, comme si elle venait de se souvenir à l'instant de leur différend de vendredi. Elle hésitait, il pouvait le deviner, et lorsqu'il la prit par la main, il se prépara à essuyer un refus. Il se trompait. Elle enlaça ses doigts avec les siens, et dit :

— Allons-y, alors.

— C'est ici, l'endroit où je pourrais réfléchir au calme ?

Hayden ne put s'empêcher de rire lorsqu'elle dut suivre Brody dans l'enceinte du stade d'entraînement des Warriors.

Elle lui avait donné les clés de la voiture sans penser à lui demander où il comptait l'emmener, soulagée de ne rien avoir à faire d'autre que de s'asseoir et essayer de trouver du sens à ce que son père avait dit.

Le vigile de nuit avait semblé surpris de voir débarquer Brody Croft à une heure si tardive, mais il les avait laissés entrer sans poser de questions, et il avait même déniché une paire de vieux patins à la pointure de Hayden. Ensuite, il avait ouvert pour eux la porte de la patinoire, et après avoir allumé les spots qui éclairaient la glace, il s'était éclipsé avec un sourire complice.

— Fais-moi confiance, dit Brody. Il n'y a rien de mieux pour mettre ses pensées au clair que de se laisser glisser sur la glace.

— Sauf que je n'ai plus patiné depuis mon enfance, protesta-t-elle.

— Avec un père entraîneur et propriétaire d'une équipe ?

— Je te rappelle qu'il est interdit de mentionner mon père…

— Pardon, c'est vrai, dit-il avec un de ces sourires irrésistibles. Mais ne t'inquiète pas, je suis là pour t'empêcher de tomber. Assieds-toi sur ce banc.

Elle obtempéra docilement et tendit la jambe. A genoux

devant elle, Brody défit la bride de ses sandales à talons et caressa longuement son pied avant de lui enfiler avec délicatesse un patin.

— C'est serré, minauda-t-elle, pour le plaisir de se plaindre.

— Mais oui, c'est prévu pour un gamin de douze ans, que veux-tu ? Ici, personne ne pratique le patinage artistique, donc tu devras faire avec.

Il noua pour elle les lacets des deux bottines, et tira de son casier ses patins à lui, qu'il enfila prestement. Avec un petit sourire, il lui fit une révérence, et lui tendit la main pour l'aider à se hisser sur les lames. Les patins massifs et noirs détonnaient franchement avec son élégante tenue de gala, songea-t-il, tout en se disant que Hayden n'en était que plus ravissante.

Il la tira doucement vers le bord du terrain de jeu avant de s'élancer seul sur la surface lisse et glacée sans le moindre effort, en patinant en marche arrière avec l'habileté d'un homme qui passait le plus clair de son temps sur des patins.

— Frimeur, va, bouda-t-elle, en tentant de garder l'équilibre en moulinant frénétiquement des bras. Je vais tomber comme un sac de patates.

— Mais non, dit-il en lui tendant les mains.

Elle regarda ces deux grosses paluches puissantes où la crosse avait dessiné des callosités si caractéristiques. D'un côté, elle aurait voulu s'y accrocher pour ne plus jamais le laisser partir, et de l'autre, elle hésitait. Lorsqu'elle l'avait choisi comme partenaire d'une nuit l'autre jour dans ce bar, elle n'avait pas imaginé une seconde qu'elle le reverrait ensuite, encore moins qu'elle pourrait dormir avec lui de nouveau. Et, surtout pas, qu'elle allait un jour s'attacher à lui.

Pourtant, c'était bien cela qui était en train de se passer. Et elle avait beau se répéter qu'ils étaient foncièrement incompatibles, sauf au lit, elle ne pouvait pas nier que l'importance de sa présence dans sa vie croissait chaque jour : il l'avait écoutée babiller pendant des heures sur la peinture, il lui avait prêté son épaule pour pleurer, et ce soir, il avait fait ouvrir le stade rien que pour lui changer les idées. Quel amant d'une nuit se comportait comme cela ?

— Allez, Hayden, viens, je ne te laisserai pas tomber ! l'encouragea-t-il, rassurant.

Finalement, elle accepta de saisir sa main… mais dès que les lames fendirent la glace, la peur lui fit perdre l'équilibre, et elle se retrouva à faire des moulinets avec ses bras comme un personnage de dessin animé, tandis que ses patins partaient chacun de son côté, complètement hors de contrôle.

— Ce n'est pas vraiment ton truc, hein ? demanda Brody, en l'empêchant de tomber.

— Je te l'avais bien dit, rétorqua-t-elle avec un regard assassin. Demande-moi une conférence sur les impressionnistes, pas de souci. Mais, patiner ? Je suis nulle.

— C'est parce que tu essaies de marcher alors qu'il faut glisser, expliqua-t-il, en posant ses deux mains sur sa taille. Oublie cette mauvaise habitude, et essaie de faire comme moi.

Avec beaucoup de douceur, Brody se mit à avancer sur la glace. Hayden se sentait terriblement maladroite en essayant d'imiter les mouvements déliés de ses jambes alors que ses patins s'enfonçaient dans la glace comme des piolets. Mais Brody tint parole, et il ne la laissa pas tomber. Pas une seule fois.

— Tu vois ? s'exclama-t-il. Tu commences à prendre le pli.

Elle lui offrit un sourire enjoué, car ses mouvements étaient en vérité devenus beaucoup plus fluides depuis qu'elle avait compris le principe de la glisse. La sensation de vitesse était grisante, et elle avait l'impression qu'ils étaient deux purs-sangs lancés dans une course folle.

Le terrain, les gradins, les tribunes… Le stade entier tournait à toute vitesse tandis que la fraîcheur de la glace rougissait ses joues. Même si elle avait la chair de poule, elle ne ressentait absolument pas le froid. Au contraire, la température basse et le tournoiement combinés apaisaient son esprit tourmenté.

Elle lança un regard en coulisse à Brody. Son sourire détendu la rassura : il profitait de ce moment autant qu'elle. Puis, il était terriblement appétissant avec son smoking. Elle résista à l'envie de redresser son nœud papillon, de peur de tomber si elle lâchait un instant ses mains. A la place, elle serra ses doigts autour des siens.

Il regarda alors leurs mains enlacées et il sembla sur le point de dire quelque chose. Hayden le vit hésiter, puis se taire, prudent. Mais elle devina ce qu'il pensait, car la même idée venait de lui traverser l'esprit. Et le corps. Car, malgré tout ce qu'elle avait pu dire, elle avait encore une fois envie de se laisser aller à la folie dans les bras de cet homme.

Même s'il était arrogant — oui —, et pressant — parfois. Mais il l'excitait aussi au plus haut point, et chaque fois qu'il la fixait de ses yeux bleu profond, chaque fois qu'il l'enveloppait dans ses bras puissants, elle fondait de bonheur.

Ils ralentirent leur allure, et elle s'efforça de penser à quelque chose de moins dangereux pour sa santé mentale, ou en tout cas, à un sujet de conversation qui l'empêche de penser à Brody nu, en érection en train de faire toutes sortes de choses avec sa langue sur son corps.

— A quel âge as-tu commencé à jouer ? demanda-t-elle enfin, en optant d'aborder sa carrière qui lui semblait un terrain neutre.

— D'après ma mère, dès que j'ai su marcher, j'ai voulu patiner. Mon père avait l'habitude de m'amener jouer sur une patinoire en plein air à côté de la maison. Ce n'était même pas une véritable patinoire, mais une petite mare qui gelait complètement en hiver. Comme mes parents n'avaient pas les moyens de m'inscrire dans un club, j'ai tout appris sur cette mare.

— Mais tu jouais au moins dans l'équipe de l'école, non ?

— J'étais de toutes les équipes, à vrai dire, dit-il, en lâchant sa main pour se mettre à tourner en cercles lents autour d'elle. Au lycée, je jouais au hockey, au rugby et au basket au printemps…

— Je vois, tu étais un de ces mecs… Je parie qu'à la fin du lycée, on t'a élu « celui qui a le plus de chances de devenir sportif professionnel ».

— Bingo !

Brody continua à lui parler des premières années de sa carrière, et elle envia l'émotion dans sa voix lorsqu'il lui rapporta quelques anecdotes concernant la fierté sans bornes pour leur fils que ses parents exprimaient dès qu'ils en avaient l'occasion. Et si par moments, elle décela un voile d'amertume dans sa voix, elle ne posa pas de questions, car elle avait compris vendredi que Brody préférait passer sous silence son enfance nécessiteuse.

Ils n'étaient pas sur la glace depuis vingt minutes lorsque Hayden sentit soudain son mollet garrotté par une crampe. Comme elle ne voulait pas se plaindre, elle se laissa glisser vers la bordure de la patinoire et frotta sa jambe endolorie. Elle faisait pourtant un jogging tous les jours avant d'aller à l'université, pensa-t-elle, ennuyée par son manque de ressort physique.

— Veux-tu qu'on fasse une pause ? proposa Brody.

— S'il te plaît, oui.

Ils quittèrent la piste pour grimper dans les gradins. Brody marchait avec ses patins aussi à l'aise que s'il avait été pieds nus, ce qui n'était pas le cas de Hayden qui faillit tomber une demi-douzaine de fois avant d'arriver saine et sauve jusqu'au banc, où elle se laissa tomber avec un soupir de soulagement.

— Je crois que j'ai une contraction musculaire des fessiers, grommela-t-elle.

— Veux-tu que je te masse pour détendre les fibres ?

Hayden se raidit. Non, mais qu'est-ce qui lui prenait, de se plaindre d'une douleur aux fesses auprès de Brody ? Elle ne pouvait pas le blâmer de prendre ce ton de sous-entendu érotique et, que Dieu lui vienne en aide, elle ne demandait pas mieux que de céder à la tentation. Mais elle ne pouvait pas se permettre ce luxe. Brody et elle étaient comme un tableau impressionniste : quelque chose de très beau, à regarder de loin.

Comme s'il avait lu dans ses pensées, Brody exhala un soupir gêné avant de parler :

— Je suis désolé pour l'autre soir, je me suis comporté en vrai goujat.

Elle répondit par un hochement de tête qu'il pouvait interpréter comme il lui conviendrait le mieux.

— Je sais que je suis un peu brusque sur les bords, et que je peux devenir très lourd lorsque je veux parvenir à mes fins et je ne suis certainement pas le genre d'homme qui se contente de jouer les comparses, dit-il, sans la laisser intervenir. Je sais aussi que je n'avais aucun droit de te demander des comptes à propos de… — tu sais, Doug —, mais c'est plus fort que moi, Hayden. Savoir qu'il y a quelqu'un d'autre dans ta vie me rend fou, je n'ai pas l'habitude de partager.

— Tu ne me « partages » pas. Doug et moi nous sommes accordé un temps de réflexion.

— Il y a un monde entre rompre et faire une pause pour prendre un peu de recul, dit-il, en fronçant les sourcils. As-tu déjà décidé si tu voulais retourner avec lui ?

— Non, je ne sais pas encore, dit-elle.

Pourtant, au fond d'elle, Hayden connaissait la réponse à cette question qui, d'ailleurs, risquait de blesser Doug. Mais ce n'était pas un sujet dont elle se sentait capable de parler, pas encore, et surtout pas avec Brody.

— Je ferai avec, alors, dit celui-ci, l'air résigné. Si tant est que malgré tes doutes tu acceptes encore de passer quelque temps avec moi.

— Mais pourquoi tiens-tu tant à notre histoire ? Que vois-tu en moi qui te donne envie de continuer coûte que coûte à me voir ? s'enquit-elle, sincèrement étonnée.

Elle n'avait pas une mauvaise opinion de sa personne, mais elle n'arrivait pas à comprendre pourquoi ce beau spécimen mâle, qui pouvait choisir parmi les plus belles femmes de la ville, s'entêtait à sortir avec elle.

— Comment cela ? Ce que je vois en toi ? Veux-tu une liste ? En laissant de côté évidemment ta beauté, qui n'est qu'une question d'apparence.

— L'apparence compte aussi. En tout cas pour moi.

— Très bien alors. Si tu veux, je peux commencer par tes beaux yeux d'un vert incroyable qui m'ont mis dans les cordes à la seconde même où je t'ai vue.

Elle se mordit la lèvre, soudain gênée.

— Ou sinon, je peux aussi te parler de tes magnifiques cheveux qui me donnent une envie irrésistible de les caresser, dit-il, en joignant l'acte à la parole. Ou bien, je pourrais parler de ta poitrine, dont je n'imagine pas me lasser un jour. Ou de tes lèvres, qui ne demandent qu'à être embrassées…

Ce disant, il glissa la main de son épaule au bout de son sein, dont la pointe dressée sous le fin tissu de la robe trahissait l'effet que ses mots, et lui tout entier, avaient sur elle. Quel beau parleur, songea-t-elle, sans pouvoir pour autant se soustraire au charme de son murmure ensorcelant.

— J'avais cru comprendre que je te plaisais, en effet, souffla-t-elle.

— Et il y a aussi le fait que tu rayonnes d'intelligence, continua-t-il. T'ai-je déjà dit à quel point les femmes intelligentes m'excitent ? dit-il, en encadrant son visage de ses grandes mains. Tu es un paradoxe ambulant, Hayden. Tantôt une femme cérébrale et dans la retenue, tantôt une amazone affranchie et passionnée. Et chaque nouvelle facette que je découvre chez toi me ravit davantage.

Sa détermination de ne plus coucher avec cet homme flanchait un peu plus avec chaque mot qu'il murmurait à son oreille, et Hayden se demanda comment elle allait contrôler le désir urgent qui l'envahissait.

— Vendredi, tu m'as empêché de t'embrasser en partant, dit-il, ses lèvres à quelques millimètres à peine des siennes. Et je me suis promis que je nc t'embrasserais plus jusqu'à ce que tu me le demandes…

— Embrasse-moi, Brody. S'il te plaît…

Sa bouche se posa sur la sienne et Hayden sentit une chaleur veloutée se répandre par vagues vers chaque cellule de son corps. Elle leva la main pour caresser la joue de Brody, râpeuse avec sa barbe de fin de journée. Lui aussi était un paradoxe ambulant, pensa-t-elle, saisie par le contraste entre la douceur de ses caresses et la fermeté virile de son corps qui l'enveloppait.

Il approfondit leur baiser, et elle renversa la tête pour mieux l'accueillir. Le comportement de son père ce soir l'avait durement blessée, et l'étreinte de Brody l'aidait à oublier. Dans ses bras, elle oubliait tout, et c'était tout ce qu'elle demandait : sentir ses lèvres, sa langue et ses mains sur sa peau. Elle posa sa main contre sa nuque pour l'attirer encore plus près, et il accueillit son geste par un râle fait à parts égales de désir et de reconnaissance.

Les grandes mains de Brody se déplacèrent lentement de son visage à ses épaules pour descendre avec une lenteur langoureuse vers ses seins. Une décharge de plaisir anticipé galvanisa le corps de Hayden. C'était la première fois que Brody jouait de son corps avec tant de délicatesse, lui d'habitude si avide et sauvage dans ses manières. Et malgré les délicieuses sensations que ce baiser lui procurait, elle avait besoin de quelque chose de plus fort. Enhardie par la force de son désir, elle porta sa main vers le bas du ventre de Brody. Qui, à sa grande surprise, l'écarta de son pantalon, en même temps qu'il s'écartait d'elle.

Elle resta interdite, les yeux encore fermés et la bouche entrouverte, comme si son corps refusait de quitter l'état second où l'avait porté le contact de Brody. Et lorsqu'elle arriva enfin à entrouvrir ses paupières, elle découvrit dans les yeux bleu profond une faim inassouvie identique au désir qui la dévorait.

— Ferme les yeux, susurra-t-il.

— Pourquoi ?

— Chut. Ferme-les, s'il te plaît.

Mue par la curiosité, elle obéit. Son pouls battait, assourdissant contre ses tempes tandis qu'elle sentait Brody se pencher sur elle, sans arriver à imaginer ce qu'il s'apprêtait à faire. Elle lança un petit cri surpris lorsqu'il la saisit par la cheville.

— Ne bouge pas, dit-il, sa voix à peine comme un murmure.

Elle déglutit, le cœur tenu en haleine. Brody remonta sa main par l'intérieur de sa jambe, s'arrêta à la chair tendre de l'arrière de la cheville, se faufila encore plus haut, et lorsque sa paume se pressa contre la fine dentelle de sa culotte, Hayden se demanda comment il était possible d'éprouver un désir si intense sans exploser.

— Que fais-tu ? demanda-t-elle dans un souffle.

— Un traitement antistress personnalisé, dit-il, en mordillant soudain le lobe de son oreille.

Elle éclata de rire et le regarda, hilare.

— C'est une manie ou quoi, cette habitude de caresser dans des lieux publics ?

— Si tu veux que j'arrête, tu n'as qu'à le dire, murmura-t-il, son haleine brûlante contre son cou.

— Non, pas du tout.

— Tant mieux, alors.

Ce disant, il écarta avec délicatesse sa culotte pour glisser un doigt à l'intérieur de son corps.

— J'adore ton sexe, avoua Brody dans un râle rauque. Tu es toujours si mouillée et si prête…

Et avant qu'elle n'ait pu répondre que c'était lui qui la mettait dans cet état, il s'empara de sa bouche avec un baiser doux et renversant. Les mouvements de sa langue épousaient le rythme de la main qui caressait son sexe, ou peut-être était-ce l'inverse, Hayden n'arrivait plus à penser. Il glissa un autre doigt dans son corps sans cesser de lui prodiguer ces baisers langoureux et lents. Elle sentait la spirale du plaisir prendre de l'ampleur dans son ventre. Puis, sans crier gare, Brody frôla avec son pouce son clitoris, et la jouissance s'abattit sur elle comme un orage d'été.

Elle cria et se convulsa, désireuse de se fondre contre lui dans ce moment d'oubli où rien n'existait sinon Brody et sa bouche et ses mains.

Il lui fallut quelques minutes pour revenir sur terre et, lorsqu'elle rouvrit les yeux, elle fut touchée par la douceur du regard que Brody posait sur elle.

— Tu es superbe, Hayden, dit-il, en remettant sa robe en place avec tendresse.

Le ton de sa voix la renversa, et elle eut envie de le remercier : pour ses mots doux, et le plaisir, et l'écoute… mais il ne lui en laissa pas le temps.

— Puis-je venir passer la nuit avec toi ? Et si c'est non, je n'en prendrai pas ombrage. Je me suis juste dit que je ne perdais rien à te poser la question.

Elle fut touchée par sa politesse et sa prévenance, alors qu'il était évident, d'après sa respiration et ses yeux, que son état d'excitation frôlait la crise cardiaque.

— Imaginons un instant qu'on aille à mon hôtel. Que voudrais-tu y faire, si je peux me permettre ?

— Eh bien, j'ai vu, dans ta salle de bains, un pommeau de douche amovible, dit-il dans un murmure lourd de sous-entendus.

Elle rit de bon cœur.

— Alors comme ça, tu fouines dans les salles de bains lorsque tu prends ta douche chez les autres ?

— Et qui ne le fait pas ?

9.

Quelques jours plus tard, Hayden sonna à la porte d'entrée de la luxueuse maison que son père avait offerte à Sheila. La propriété se trouvait à seulement quelques rues du Gallager Club, dans le quartier le plus chic de Chicago. Et l'un des plus chers, aussi, par voie de conséquence.

La décision de parler à sa future ex-belle-mère n'avait pas été facile à prendre, mais Hayden ne voyait pas de meilleure solution : si elle voulait vraiment aider son père, il fallait qu'elle connaisse le comment et le pourquoi de son rapport à la boisson. Et il n'y avait que Sheila pour la renseigner.

Lorsque son encore belle-mère vint lui ouvrir la porte, elle portait une tenue d'intérieur toute simple, et ne cacha pas sa surprise en découvrant la fille de son ex-mari sous le frontispice colonial de sa maison.

— Hayden… Que fais-tu ici ?

— Je… je pense que nous avons besoin de parler.

Avec un hochement de tête, Sheila l'invita à entrer. Le grand hall en marbre avec ses plafonds hauts comme ceux d'une cathédrale intimidèrent Hayden autant que la première fois qu'elle était venue dans la maison rendre visite à son père. Elle fronça les yeux en observant les murs, aussi immenses et blancs que vides. Elle avait pourtant conseillé à son père d'investir dans des tableaux qui avaient été récemment mis aux enchères, mais à l'évidence, Presley n'avait pas trouvé opportun d'appliquer ses conseils.

— Pourquoi es-tu venue, Hayden ? demanda Sheila en lui proposant d'un signe l'une des bergères devant la cheminée de style français.

Hayden attendit que son hôtesse s'installe à son tour sur le canapé voisin.

— Pour parler de mon père. Et de l'alcool.

— Que veux-tu savoir exactement ? dit Sheila posément, en repoussant derrière l'oreille une mèche blonde.

— Quand a-t-il commencé à boire, d'après toi ?

— C'était l'année dernière, à peu près quand la compagnie pharmaceutique dans laquelle il avait investi a fait faillite. Il a perdu beaucoup d'argent, et lorsqu'il a tenté de se rattraper par d'autres placements, il a perdu encore plus.

Hayden dut refouler le sentiment de culpabilité qui menaçait de la submerger à l'idée qu'elle ne s'était même pas aperçue que son père traversait une mauvaise passe.

— Il ne t'a rien dit pour ne pas t'inquiéter, ajouta Sheila, comme si elle avait deviné ses pensées. D'ailleurs, il cachait bien son jeu, tu sais. Au départ, ce n'était qu'un verre ou deux le soir, « pour se détendre », mais sa consommation augmentait au rythme de ses pertes financières. J'ai essayé de lui en parler, mais tu connais ton père. Et c'est alors qu'il…

La voix de Sheila se brisa.

— Que s'est-il passé alors, Sheila ?

— Il… il a donné un coup de canif au contrat.

Le silence lourd pesa entre elles, mais cette fois-ci, Hayden ne tenta pas de défendre son père, comme elle l'avait fait dans les bureaux de son avocate. Après la scène vécue avec son père au Gallager Club, elle ne pouvait plus se voiler la face. Son père buvait, et son alcoolisme l'avait entraîné dans l'infidélité et peut-être la corruption. Il valait mieux qu'elle accepte la situation telle qu'elle était si elle voulait l'aider.

— Continue, s'il te plaît, dit-elle.

— Il m'a tout avoué dès le lendemain, mais il a dit aussi que c'était ma faute, que je l'y avais poussé avec mes reproches, poursuivit Sheila d'un ton exaspéré. Tout en niant, évidemment, qu'il avait un souci avec l'alcool. J'aurais pu passer l'éponge, ces choses arrivent, mais il n'a rien fait pour redresser la barre.

— C'est-à-dire ?

— Quand j'ai insisté pour qu'il se fasse aider, il est entré dans une colère noire. C'était de pire en pire. Deux jours plus tard, à mon retour de la gym, il était dans son bureau, ivre mort. Et c'est là qu'il m'a avoué qu'il avait arrangé quelques matchs.

Hayden tenta de défendre son père malgré tout.

— Il a peut-être tout inventé sous l'effet de l'alcool…

— Non, il savait parfaitement ce qu'il disait, insista Sheila. Et j'ai eu confirmation de ses dires par un joueur de l'équipe.

— Celui avec lequel tu as une aventure ? s'emporta Hayden, sans pouvoir s'en empêcher.

— Ne me juge pas, Hayden, pria Sheila, les joues en feu. Je me suis tournée vers un autre homme, mais seulement après que ton père m'a trahie. Presley avait tourné le dos à notre couple bien avant que je ne le trompe.

Sheila avait raison, songea Hayden. Qui était-elle pour la juger ? Ce qui se passe dans un ménage ne regarde que les personnes concernées, et elle n'avait pas son mot à dire. A son grand étonnement, elle s'aperçut qu'elle croyait au récit de sa belle-mère. Et ça faisait très mal.

Si son père avait soudoyé ses propres joueurs, qu'allait-il advenir de lui si jamais l'enquête faisait éclater au grand jour la vérité ? Son cœur se serra en imaginant son père dans une cellule de prison.

Sheila la regarda avec une expression compatissante.

— Les choses ne sont pas toujours ce qu'elles paraissent. Ni les gens, dit-elle, en clignant des yeux pour chasser les larmes qui affluaient. Veux-tu savoir pourquoi j'ai épousé ton père, Hayden ?

« Pour son fric ? » Hayden préféra garder pour elle sa riposte sarcastique, mais Sheila connaissait d'avance le fond de sa pensée.

— Je n'ai pas été insensible à sa fortune, c'est vrai, reconnut la blonde en toute sincérité. Je ne sais pas si tu peux imaginer ce que c'est, de grandir dans la misère, mais j'ai commencé à travailler à treize ans, pour tout te dire. C'était peut-être intéressé de ma part, mais je voulais avant tout un homme qui prenne soin de moi, et qui m'apporte la sécurité financière dont je n'ai jamais joui. Mais ce n'était pas la seule raison. Crois-moi, j'avais autour de moi pas mal de types friqués prêts à tout pour me mettre dans leur lit, mais c'est ton père que j'ai épousé.

— Pourquoi ? demanda Hayden, fascinée malgré elle par l'histoire de la jeune femme.

— Parce qu'il était gentil. J'ai été trop souvent attirée par les mauvais garçons, ces hommes qui te mettent le feu au corps mais qui te laissent ensuite le cœur en cendres. Et un jour, j'ai décidé que j'allais me trouver un mec bien, moins excitant peut-être, mais plus rassurant, tant sur le plan affectif que sur le plan matériel.

Hayden ressentit une étrange sensation de malaise en écoutant ces mots. Jamais elle n'aurait pu penser avoir le moindre point commun avec Sheila, et voilà que cette dernière venait de résumer en quelques phrases la question qui la taraudait depuis des mois. Si elle avait choisi Doug, pensa-t-elle, c'était exactement parce qu'il était « un mec bien », rassurant et qui ferait passer leur couple avant tout.

— Mais même les chic types commettent des erreurs, continua Sheila. Ils peuvent aussi tout prendre pour acquis, et alors ils se mettent à jouer avec ton cœur, tout comme ces canailles dont tu t'étais crue à l'abri, continua Sheila, qui pleurait désormais à chaudes larmes. Ton père m'a blessée profondément, Hayden. S'il m'avait vraiment aimée, il aurait compris que je ne voulais que son bien, il aurait su que je serais toujours restée à ses côtés quoi qu'il arrive, si tant est qu'il soit resté, lui, auprès de moi. Mais il ne l'a pas fait. Je me sens très coupable de ne pas avoir su l'aider à arrêter de boire, mais sa façon de me traiter était devenue insoutenable. Il m'a trompée, il a commis des délits, et maintenant il essaie de me faire passer pour une garce vénale qui n'en veut qu'à son argent.

Sheila reprit son souffle et essuya ses larmes, en adressant à Hayden un sourire amer.

— Et à présent, j'en ai ma claque, des mecs bien aussi.

Hayden regagna sa voiture encore plus confuse qu'avant sa visite chez Sheila. Elle n'avait aucune idée sur la façon d'aider son père pour qu'il arrête de boire, et encore moins sur la façon d'aborder ses agissements frauduleux. Découragée, elle se mit au volant en croyant avoir touché le fond lorsque son téléphone sonna. Elle avait été trop optimiste : le fond était encore plus bas, et elle venait de s'y cogner en lisant « Doug » sur l'écran de son portable.

Seigneur, pourquoi maintenant ? se demanda-t-elle en serrant les paupières. Elle venait de prendre conscience de la dégringolade morale de son père, devenu alcoolique, infidèle et tricheur.

Peut-être était-il temps aussi de cesser d'être lâche et d'affronter l'autre homme de sa vie, se dit-elle. La semaine précédente, elle l'avait appelé, oui, mais elle l'avait fait à un moment où elle était certaine de tomber sur son répondeur, où elle s'était contentée de laisser un message bref et neutre.

Pourtant, elle ne pouvait pas ajourner indéfiniment le moment de parler de Brody avec Doug. Si son histoire avec lui n'avait été qu'une passade, elle aurait peut-être réussi à faire taire sa conscience. Mais depuis quelques jours, son aventure avec Brody semblait être devenue quelque chose d'autre…

Elle ne pouvait pas dire comment ni quand le changement s'était produit. Tout ce qu'elle savait, c'était que depuis la soirée au Gallager Club, ils avaient partagé des moments géniaux, et pas qu'au lit. Ils étaient retournés au Lakeshore Lounge pour dîner, ils étaient allés patiner au Millenium Park, et sur l'insistance de Brody, ils avaient même passé une journée entière à visiter l'Institut d'Art de Chicago, où il avait semblé ravi de l'écouter pérorer pendant des heures sur ses artistes préférés.

Moins génial, en revanche, le fait que Brody avait dû partir trois fois dans la semaine pour des matchs de la Ligue. Elle s'était raisonnée chaque fois pour ne pas lui en faire le reproche. Après tout, se répéta-t-elle, leur histoire n'était qu'une aventure, vouée par définition à finir un jour ou l'autre.

La sonnerie de son téléphone continuait à retentir, et si elle ne répondait pas, Doug tomberait encore sur sa messagerie. C'était indécent de le laisser mariner dans l'inquiétude, se dit-elle. Elle inspira profondément, décidée enfin à prendre le taureau par les cornes et décrocha.

— Allô ?

— Dieu soit loué ! s'exclama Doug à l'autre bout de la ligne. Je commençais à craindre qu'il te soit arrivé quelque chose.

Sa tendre sollicitude aggrava son sentiment de culpabilité.

— Pas du tout, je vais bien, répondit-elle, en espérant que

sa voix tremblait moins que ses mains. Tu n'as pas eu mon message ?

— Bien sûr, mais depuis, je t'ai appelée plusieurs fois, sans succès, Hayden.

— Je sais, et j'en suis sincèrement navrée. Mais je suis débordée par les événements, rien ne va plus ici.

— Je m'en doute, j'ai lu dans les journaux des articles concernant ton père, dit-il, prudemment.

— Imagine donc la presse de Chicago. Je commence à m'inquiéter vraiment, avoua-t-elle.

Elle n'avait aucun mal à se confier à lui, cela lui paraissait si facile, si naturel... Elle avait toujours pu parler de tout avec Doug, quel que soit le sujet : un étudiant mal luné, une coupe de cheveux ratée... Il l'écoutait toujours d'une oreille attentive. C'était l'une des choses qu'elle appréciait chez lui.

Appréciait.

C'était là que le bât blessait. Elle appréciait les qualités de Doug. Sa patience, sa tendresse, sa générosité. Et sans aucun doute, si un jour ils « traversaient le pont de l'intimité » elle l'apprécierait aussi comme amant. C'était bien le problème. Elle n'était pas sûre de vouloir passer le reste de ses jours avec quelqu'un qu'elle... appréciait. Alors qu'elle avait toujours pensé que le respect et l'affection pouvaient se muer en amour avec le temps, ces temps-ci, elle était forcée de réviser ses principes.

A cause de Brody, et de leur entente passionnée au lit. Ce n'était pas qu'elle appréciait de coucher avec lui. Non. Elle adorait. Plus que ça. Son corps entrait en éruption lorsqu'il l'embrassait. Le monde disparaissait lorsqu'elle était entre ses bras. La terre tremblait lorsqu'il venait dans son corps.

Alors que les baisers de Doug... Eh bien, ils étaient agréables. Doux. Tendres. Elle aimait bien. Elle appréciait...

Zut, encore ce mot.

— Allô ? Chérie, tu m'entends ?

Elle se força à revenir au moment présent.

— Excuse-moi, je ne t'entendais plus, mentit-elle. Tu disais… ?

— Que j'allais venir te voir.

— Quoi ? Pardon ? s'exclama-t-elle, sa voix partant soudain dans les aigus.

— Parce que tu me manques, répondit Doug après une pause agacée. Et j'espérais que je te manquais aussi.

Comment répondre sans mentir, et sans lui avouer la vérité ? se demanda-t-elle, paniquée. Par chance, Doug continua à parler.

— J'ai beaucoup réfléchi à ce que tu m'as dit avant de partir, Hayden. Je sais que tu m'as demandé un peu plus d'espace, mais de l'espace à la distance, il n'y a qu'un pas, et je ne veux pas que tu t'éloignes de moi. J'ai pensé que nous avions besoin de parler calmement de ce que tu ressens, pour comprendre ce qui t'arrive et…

— Doug…, commença-t-elle, en cherchant désespérément une formule magique qui la tirerait d'affaire sans blesser personne.

Mais les formules magiques n'existent que dans les contes, se dit-elle.

— Doug, c'est à moi de me débrouiller avec tout ça, j'ai juste besoin d'un peu de temps.

— Nous sommes deux dans cette relation, riposta-t-il.

— Je sais, mais…

« Parle-lui de Brody. Ose la vérité. »

Mais pourquoi diable sa conscience ramenait-elle maintenant sa fraise ? Elle se sentait déjà assez minable d'avoir couché avec un autre homme ! Etait-il absolument nécessaire d'avouer sa faute à Doug, alors qu'il essayait d'arranger les choses entre eux ?

« Tu n'as pas le choix. »

Elle détestait l'admettre, mais cette petite voix intérieure avait raison. Elle n'avait pas le droit de mentir à propos d'une question aussi importante. Doug méritait la vérité.

— J'ai… j'ai commencé à voir quelqu'un d'autre.

Silence. Terrible et lourd silence.

— Doug ?

— Pardon ? Tu as…, s'étrangla Doug.

— J'ai commencé à voir quelqu'un d'autre, ici, à Chicago, dit-elle, la gorge soudain sèche. Depuis deux semaines, seulement, et ce n'est rien de sérieux, mais je pense que tu es en droit de le savoir.

— Qui est-ce ?

— C'est un… Peu importe qui il est. Mais je veux que tu saches que ce n'était pas prémédité. Lorsque je t'ai dit que j'avais besoin d'espace, la dernière chose à laquelle je pensais c'était à entamer une autre relation…

— Une relation ? répéta-t-il, abasourdi. Mais tu viens de dire que ce n'était pas sérieux.

— C'est ce que j'ai dit. Et ce ne l'est pas, dit-elle, en se sentant si coupable qu'elle n'arrivait pas à enfiler deux mots cohérents. C'est… arrivé comme ça.

Chaque seconde de silence qui passait la rendait plus honteuse. Elle avait besoin de raccrocher, d'aller chez elle, et de se rouler en boule dans son lit pendant une semaine.

— Doug ? Es-tu encore là ?

— Oui, je suis encore là, dit-il, d'un ton calme et poli. Merci de m'avoir dit la vérité.

Elle se tut, ne sachant que dire d'autre, et en se demandant en même temps s'il y avait encore quoi que ce soit à dire.

— Je vais raccrocher, Hayden. Je ne peux pas te parler tout de suite. J'ai besoin de temps pour digérer tout cela.

— Je comprends, balbutia-t-elle. Appelle-moi lorsque tu…

Lorsque quoi ? Lorsqu'il serait prêt à lui pardonner ? A l'insulter ?

— Lorsque tu voudras en parler, finit-elle pour dire quelque chose.

Il raccrocha sans rien ajouter d'autre, et elle resta assise, le téléphone collé à l'oreille pendant de longues secondes. Finalement, elle posa le portable sur le siège du passager et se frotta le visage, déconfite.

Après sa conversation avec Sheila, cet échange avec Doug la laissait aussi épuisée que si elle avait passé l'après-midi à agiter un torchon rouge devant un taureau décidé à la déchiqueter à la première occasion.

Au moins, se dit-elle pour se consoler, personne, même pas sa conscience, ne pourrait l'accuser de lâcheté.

10.

L'ambiance dans le vestiaire était tendue et, à la place du bavardage habituel qui précédait chaque match, les membres de l'équipe revêtaient leur tenue en silence, en échangeant à peine quelques propos polis à mi-voix. Brody aurait aimé croire que c'était à cause de la pression sportive : s'ils perdaient ce soir, ils devraient jouer le second tour des play-offs. Mais il savait que des soucis tout autres occupaient l'esprit de chacun.

En début de soirée, un des responsables de la Ligue avait annoncé à l'équipe que l'enquête sur les paris illégaux était officiellement ouverte. Les joueurs seraient interrogés un par un, avant la fin de la semaine, et si jamais les accusations s'avéraient fondées, les mesures disciplinaires de rigueur seraient appliquées.

Sans compter les inculpations criminelles éventuelles qui tomberaient de la part de la justice.

Penché sur ses bottes, Brody regarda en coin Craig Wyatt en train de serrer ses protège-tibias. Wyatt n'avait pas lâché un mot depuis l'ouverture de l'enquête, et l'inquiétude creusait les traits déjà marqués de son visage anguleux. A n'en pas douter, cet homme portait sur ses épaules une lourde charge, songea Brody.

Mais comment allaient-ils pouvoir gagner un match dans cet état d'esprit ? se demanda-t-il, en constatant l'attitude démoralisée de ses collègues, qui se comportaient comme si des épées invisibles pendaient au-dessus de leurs têtes.

Lequel parmi eux avait fraudé ? Ou devait-il dire, lesquels ? Pour autant qu'il sache, la moitié de l'équipe avait pu se laisser tenter. Cette idée le révoltait. Il fallait être une véritable ordure pour laisser filer un match et trahir son club pour de l'argent. D'après la presse, il n'y avait eu qu'un ou deux matchs arrangés, et ce, en début de saison, mais pour Brody, c'était du pareil au même. La différence entre passer les play-offs ou finir la saison en lanterne rouge du classement pouvait tenir justement à un seul match.

— Ce soir, on massacre, déclara Wyatt d'un ton calme lorsqu'ils eurent fini de se préparer.

« On massacre » ? C'était tout ce qu'il trouvait à dire avant ce match crucial ?

L'étonnement se lisait sur tous les visages. Ce n'était certainement pas une harangue capable de galvaniser le moral des troupes, pensa Brody.

— Craig, une seconde, s'il te plaît, dit-il en interceptant le capitaine avant qu'il ne quitte le vestiaire.

— Nous avons un match à jouer, Croft.

— Ça peut attendre, écoute-moi.

— Bien, concéda le capitaine, le casque à la main.

Soudain, Brody se trouva sans savoir quoi dire. Etait-il opportun de demander à Wyatt ce qu'il savait à propos des paris illégaux ? Ou de lui avouer qu'il l'avait vu avec Sheila dans une situation ambiguë ?

— Accouche, Croft, le pressa Wyatt, agacé.

Brody décida de suivre la ligne de conduite que sa mère lui avait toujours conseillée : la franchise.

— La semaine dernière, je t'ai vu avec Sheila Houston dans les couloirs de l'autre stade.

Wyatt blêmit.

— Je ne vois pas de quoi tu parles.

— Bien sûr que si. Je t'ai vu de mes propres yeux, insista Brody, en se sentant soudain à l'étroit dans sa tenue rembourrée. Depuis quand as-tu une relation avec la femme du patron ?

La tension monta jusqu'à devenir presque palpable. Wyatt lui lança un regard assassin tandis qu'un rictus indigné crispait ses lèvres.

— Cela ne te regarde absolument pas, rétorqua-t-il, en chaussant son casque.

— Cela me regarde si c'est toi le joueur qui a confirmé les accusations lancées par Sheila Houston.

Le silence se prolongea assez longtemps pour que Brody commence à regretter son intervention. Mais finalement, Wyatt lança un soupir résigné, et hocha la tête.

— O.K., tu as gagné. C'était moi, avoua-t-il, en assurant la sangle de son casque d'une main tremblante. Je suis allé voir les responsables de la Ligue, c'est à cause de moi que cette fichue enquête a été lancée.

Brody déglutit, sans arriver à savoir s'il se sentait trahi ou soulagé. Ou en colère.

— Mais comment es-tu arrivé à la conclusion qu'elle ne mentait pas ? demanda-t-il, en étudiant le visage de son interlocuteur.

— J'avais des doutes depuis le début de la saison, lorsqu'on a perdu deux matchs qui étaient en principe gagnés d'avance. Sheila n'a fait que confirmer mes soupçons, expliqua Wyatt, avec un soupir saccadé. Je ne peux pas accepter qu'il y ait dans mon équipe des mecs qui sabotent le jeu pour de l'argent, comme je ne peux pas jouer pour un patron qui fraude.

Malgré lui, Brody le crut. Wyatt semblait sincèrement secoué par cette affaire.

— Donc tu sais qui a fraudé ? demanda-t-il.

— Laisse tomber, Brody. La question est maintenant entre les mains des responsables de la Ligue. Reste à l'écart, ce sera mieux pour toi.

— Wyatt…

— Vraiment, laisse tomber, répéta Craig, en ouvrant la porte. La vérité finira par sortir. Et maintenant, bouge tes fesses. Nous avons un match à gagner.

Brody le laissa partir. Même s'il brûlait d'envie de suivre son collègue pour le forcer à cracher le nom des traîtres, à quoi cela le conduirait-il ? Wyatt risquait de se mettre en colère, ce qui, en ce moment précis, allait à l'encontre des intérêts de l'équipe.

Le mieux à faire, la seule chose intelligente, se dit-il, c'était de se concentrer et de donner le meilleur de lui-même sur le terrain. Ces derniers temps, il avait passé trop de temps à gamberger, à douter de ses coéquipiers, à se demander si le scandale des paris allait affecter sa carrière. Car même s'il avait sa conscience pour lui, cela ne valait pas grand-chose aux yeux des responsables des clubs susceptibles de l'engager. Le seul fait d'avoir joué avec des tricheurs risquait de faire traîner son nom dans la boue, et il ne pourrait rien y faire. Tout ce qu'il pouvait espérer, c'était que l'enquête finisse au plus vite et que sa réputation en sorte indemne.

Mais entre-temps, il devait jouer au mieux de ses capacités, conclut Brody, en avançant à grandes foulées dans le couloir qui menait au banc des Warriors. Lorsqu'il entra dans la patinoire, les cris de la foule l'accueillirent dans une ovation assourdissante. Dans les gradins, ce n'était qu'une marée agitée de bleu et argent. Le Lincoln Center affichait complet ce soir et l'enthousiasme des supporters lui mit du baume au cœur.

Tous ces gens qui s'étaient déplacés ce soir, qui criaient avec ardeur, qui agitaient des drapeaux à leurs couleurs, méritaient une équipe dont ils se sentent fiers.

Sauf qu'au bout de dix minutes, les Warriors avaient déjà encaissé deux buts, et leur jeu ne permettait pas de croire qu'ils allaient réussir à remonter la pente. Les Vipers étaient en train de leur infliger une défaite sévère. Vers la deuxième période, Brody se trouvait en nage, à bout de souffle, et anxieux de marquer n'importe quel adversaire à sa portée. Mais il semblait que malgré leur vitesse, leurs tactiques et leurs tirs au but, leurs opposants allaient plus vite, visaient plus juste et se montraient nettement supérieurs. Leur moral d'acier leur offrait tous les avantages.

Lorsque la troisième période commença, Brody pouvait dire que la plupart, dans l'équipe, donnaient le match pour perdu.

— Nous sommes dans la mouise, soupira Becker, lorsqu'ils se trouvèrent sur le banc après un changement de ligne.

— Tu m'étonnes, marmonna Brody, en avalant une longue gorgée d'eau.

— J'espère que tu as suivi mon conseil, grommela son ami, les yeux rivés au terrain de jeu.

— A propos de quoi ?

— A propos de la fille de Presley. Tu as gardé tes distances, non ?

Garder ses distances ? Avec Hayden ? Brody faillit éclater de rire. Il eut envie d'avouer qu'il faisait tout son possible pour qu'il n'y ait aucune distance entre Hayden et lui. Pour la première fois de sa vie, il sortait avec une femme dont il appréciait vraiment la compagnie. Bien sûr, il aimait bien coucher avec elle. Correction : il adorait faire l'amour avec elle, mais il y avait eu des moments pendant cette dernière semaine, où il avait été presque choqué de s'apercevoir à quel point il s'amusait avec elle en toute circonstance, que ce soit à regarder un documentaire avec elle, ou à la regarder dormir ou à essayer de lui apprendre à patiner malgré sa maladresse quasi maladive.

Elle était drôle et intelligente, et ses yeux s'éclairaient lorsqu'elle parlait des choses qu'elle aimait. D'ailleurs, il avait un pincement au cœur chaque fois que la lumière dans ces yeux verts s'éteignait lorsqu'il lui annonçait qu'il s'absentait pour jouer dans une ville lointaine. Bien que Hayden se soit gardée de lui faire le moindre reproche, il devinait que ses départs la chiffonnaient. Mais à part quitter le hockey, ce qu'il ne comptait pas faire avant longtemps, il n'avait pas de solution à proposer.

Pourtant, il fallait qu'il en trouve une. Et vite. Car si Hayden s'entêtait à répéter qu'entre eux, ce n'était pas sérieux, il tenait absolument à la convaincre qu'ils pouvaient bâtir ensemble une relation durable. Comment allait-il y parvenir, il l'ignorait encore, mais il comptait avoir gain de cause. C'était vital.

— Tu m'écoutes, gamin ?

Le grognement bougon de Becker le sortit de ses pensées.

— Tu disais ? Ah, oui, la fille de Pres. Ecoute, j'apprécie ton conseil, vraiment, mais... je ne compte pas le suivre. J'adore cette fille, d'ailleurs, je vais la voir ce soir.

Becker grimaça, mais avant qu'il ait pu dire quoi que ce soit, un coup de sifflet de l'arbitre attira leur attention, et ils se tournèrent vers le jeu pour voir qui avait pris un penalty. Wyatt. Ce n'était pas surprenant.

Stan, leur entraîneur, leur indiqua de retourner sur la glace pendant le temps que leur capitaine restait hors jeu. Becker se battit comme un lion, et réussit à marquer un point malgré leur désavantage numérique. Mais ce n'était pas assez. La sirène de fin de jeu retentit, signant la fin de la troisième période et du match. Le résultat final fut pathétique : 5 à 1, victoire des Vipers.

*
* *

Hayden n'eut pas besoin d'écouter la radio pour savoir que les Warriors avaient perdu le match : les visages défaits des supporters qui quittaient le stade parlaient d'eux-mêmes. Son père devait être terriblement déçu.

Elle faillit courir vers sa loge privée pour lui montrer son soutien, mais à vrai dire, elle ne se sentait pas la force de le voir en ce moment. C'est pourquoi elle n'était venue au stade qu'à la fin du match, pour attendre Brody sur le parking afin de le retrouver au plus tôt.

Dieu qu'elle avait envie que cette journée se termine, pensa-t-elle, les yeux fixés sur la porte de sortie des joueurs. D'abord la visite chez Sheila, ensuite, sa conversation poignante avec Doug… Mais elle ne voulait plus y penser. Tout ce qu'elle voulait, c'était se trouver dans les bras puissants de Brody.

Elle faillit se mettre à pleurer de soulagement lorsqu'elle le vit avancer vers la voiture. Et lorsqu'elle remarqua ses yeux bleus s'éclairer en l'apercevant, elle faillit pleurer de joie. Peut-être que leurs vies étaient incompatibles, leurs carrières diamétralement opposées, et leurs ambitions contradictoires, mais elle n'arrivait pas à se rappeler la dernière fois qu'un homme avait semblé si heureux de la retrouver.

— Waw, quelle merveilleuse surprise, dit-il en s'approchant.

— Salut. Désolée pour le match… Est-ce que ça veut dire que vous êtes éliminés ?

— Non, il nous reste encore une chance de nous qualifier demain. Si on gagne.

— Tant mieux.

Oh, là, là, qu'il était beau, ce soir. Encore plus beau que d'habitude, pensa-t-elle. Ses cheveux étaient mouillés et coiffés en arrière, et il portait un costume bleu marine qui mettait en valeur l'étonnante nuance de ses yeux. Brody lui avait expliqué que la direction du club s'attendait à ce qu'ils donnent une image professionnelle aussi bien sur la glace qu'à l'extérieur, et Hayden ne pouvait qu'encourager ces directives. Brody Croft était un régal pour les yeux aussi bien en jean et T-shirt moulant que dans ce costume italien dont la coupe soulignait la perfection des lignes de son corps. Sans pouvoir s'en empêcher, elle se hissa sur la pointe des pieds et l'embrassa sur la bouche.

— Je croyais que nous ne devions pas nous montrer ensemble en public, remarqua-t-il.

Elle écarquilla les yeux en s'apercevant que c'était elle qui avait enfreint l'une des règles de base qu'elle-même avait instituées.

— J'ai eu une journée… très difficile, expliqua-t-elle.

Brody sourit de toutes ses dents.

— Une mauvaise journée suffirait pour qu'on sorte de la clandestinité ? Si je l'avais su, j'aurais trouvé le moyen de te rendre la vie impossible beaucoup plus tôt, dit-il. Allez, raconte-moi.

— Je te raconterai après. Sortons d'ici, d'abord.

— Veux-tu aller à ton hôtel ?

Elle s'apprêtait à acquiescer, mais elle se ravisa.

— Non. Et si nous allions chez toi ?

Brody sembla étonné, ce qu'elle pouvait comprendre. Depuis qu'ils avaient décidé de continuer leur… histoire, pour ainsi dire, c'était elle qui avait pris les décisions. Et bien que Brody l'ait invitée maintes fois à venir chez lui, elle avait systématiquement préféré finir les soirées dans sa suite, car elle avait l'impression qu'en restant chez elle, dans son propre territoire, elle gardait mieux le contrôle de la situation, et pouvait ainsi éviter que les choses ne deviennent trop sérieuses entre eux.

Mais voilà que soudain elle se découvrait l'envie de connaître la maison de Brody, et de passer du temps sur son territoire à lui.

— Très bien, dit-il, en ouvrant le 4x4. Tu me suis ?

— Je peux venir avec toi, non ? Je récupérerai ma voiture demain.

Il fronça les sourcils et la regarda, bouche bée.

— Tu es une boîte à surprises, ce soir. Es-tu consciente que ton père pourrait repérer ta voiture et deviner que tu n'es pas rentrée à la maison ce soir ?

— Je ne vis pas ma vie en fonction de mon père, dit-elle d'un ton amer qui la surprit elle-même.

Elle se radoucit.

— Mais je n'ai pas envie de parler de lui. Ce soir, je préfère penser à toi et à moi, et à rien d'autre.

— Et j'aime t'entendre dire cela, dit-il, en lui caressant les cheveux.

Le trajet jusqu'au quartier où habitait Brody ne fut pas long, et lorsqu'il arrêta la voiture, Hayden fut étonnée de découvrir qu'il habitait une grande maison de style victorien, avec un porche tout autour et une rangée de balcons au deuxième étage. Des massifs de fleurs bordaient l'allée qui conduisait jusqu'à l'escalier de l'entrée, donnant à la maison un air chaleureux et accueillant.

— Tu imaginais mon chez-moi différent, n'est-ce pas ? dit-il, en sortant du véhicule.

— A vrai dire, oui, dit-elle avec un sourire. Mais ne me dis pas que c'est toi qui as planté ces bégonias ?

— Eh non, j'avoue. C'est ma mère qui a choisi la maison lorsque les Warriors m'ont engagé, et c'est elle aussi qui a pris en charge l'aménagement du jardin. Elle vient me voir au moins une fois par an pour s'assurer que je ne saccage pas son boulot.

Lorsqu'ils franchirent la porte d'entrée, Hayden fut charmée par le ton roux des murs qui se mariait à la perfection à la couleur dorée des planchers de bois et les meubles d'époque du salon, qu'on avait disposés avec goût autour de la cheminée. Un grand escalier en érable conduisait à l'étage, tandis qu'au fond d'une cuisine dernier cri, une baie vitrée s'ouvrait sur le jardin à l'arrière de la maison.

— Veux-tu boire quelque chose ? proposa-t-il, en ouvrant la porte en acier brossé du frigidaire. Je suis désolé, je n'ai pas d'infusions, comme tu aimes. Veux-tu un soda ?

— Quelque chose de plus fort, peut-être.

— Ta journée a été vraiment dure, n'est-ce pas ? demanda-t-il, en sortant d'un placard une bouteille de vin rouge et deux verres. Veux-tu me raconter ce qui t'est arrivé ou je vais devoir te chatouiller pour te faire parler ?

— Mmm, je me tâte, minauda Hayden. Je pourrais être tentée par ces chatouilles...

Il lui lança un regard diabolique.

— D'accord, d'accord, je vais tout te raconter, concéda-t-elle.

Brody lui tendit un verre rempli et lui indiqua d'un geste de le suivre à l'extérieur. Le jardin était grand et bien entretenu, protégé des regards extérieurs par une haie très élevée et, tout au fond de la pelouse, elle distingua la structure d'un kiosque romantique à moitié caché par un petit bosquet de buissons verdoyants.

Ils s'installèrent sur la terrasse en teck. La nuit était douce, et Hayden, en regardant le ciel sans nuages, commença enfin à se détendre.

— Cet après-midi, je suis allée voir Sheila, dit-elle.

Elle lui raconta la conversation par le menu, pour lui faire ensuite un récit abrégé de sa conversation avec Doug. A la mention de ce nom, elle put voir que Brody serrait les dents, mais il ne fit aucun commentaire.

— Tu n'étais pas obligée de lui parler de nous, dit-il lorsqu'elle eut fini, en prenant sa main entre les siennes.

— Bien sûr que si, rétorqua-t-elle, surprise. Je t'ai parlé de lui. Il méritait les mêmes égards, il me semble.

— Tu as raison. Donc… c'est fini, entre vous ?

— Oui, confirma-t-elle. Il m'a pratiquement raccroché au nez, ce qui ne lui ressemble pas. J'imagine qu'il n'est pas très content de moi en ce moment…

Brody ne répondit rien, et elle posa son verre pour encadrer son visage entre ses mains.

— Et toi non plus, hein ?

— Moi, je suis heureux, bébé, dit-il, ses yeux plongés dans les siens.

— C'est vrai ?

— J'aime vraiment être avec toi, Hayden, avoua-t-il avec un soupir. Et je suis très content que tu aies rompu avec Doug. Il y a eu des moments où j'avais du mal à supporter qu'il y ait un autre homme dans ta vie, d'autant plus qu'il s'agissait de quelqu'un qui partageait ta passion pour l'art et qui devait, beaucoup mieux que moi, te suivre dans une de ces discussions intellectuelles que tu essaies d'avoir avec moi. Je me sens comme un gros balourd inculte, en comparaison.

Cet aveu d'insécurité la toucha direct au cœur. Brody Croft, le mâle le plus mâle qu'elle ait jamais connu, le dieu du stade, pouvait ressentir de l'insécurité ? A cause d'elle ? Attendrie, elle se mit debout pour passer ses mains autour de son cou et l'embrasser sur les lèvres.

— Tu n'es pas un gros balourd inculte, murmura-t-elle, le visage collé au sien.

— Alors, tu ne m'en voudras pas si je te fais une remarque intelligente et pertinente sur ces moments où tu deviens difficile.

— Moi, difficile ? Comment cela ? releva-t-elle, en s'écartant pour le regarder.

— Allons, Hayden, tu crois que je n'ai pas remarqué l'expression dans tes yeux chaque fois que j'ai un avion à prendre ? Tu deviens distante, c'est palpable.

Oh, Seigneur, mais pourquoi avait-il décidé d'aborder cette conversation ce soir ? se dit-elle, en sentant son ventre se nouer de nouveau.

— Regarde, là. Tu me mets à distance, souligna-t-il, avec un sourire attristé.

— C'est que…, commença Hayden avant de s'interrompre pour soupirer. Je ne vois pas où est le problème.

— C'est un problème à partir du moment où cela t'empêche d'engager une relation avec moi.

— On était d'accord pour rester sur quelque chose de léger, argumenta-t-elle, en sentant la panique l'envahir.

— Mais tu étais d'accord aussi pour garder l'esprit ouvert.

— Crois-moi, mon esprit est grand ouvert.

— Mais pas ton cœur, dit-il d'un ton si gentil qu'elle eut envie de pleurer.

Hayden avança vers la rambarde qui délimitait la terrasse, et Brody lui emboîta le pas. Ils se trouvaient côte à côte, mais elle ne pouvait pas voir son visage. Le sujet était périlleux, et elle ne savait pas comment s'en sortir indemne.

— Je crois vraiment que nous pourrions faire un bout de chemin ensemble, dit-il, en caressant sa main. Ce qui se passe entre nous n'arrive pas tous les jours, et tu le sais, Hayden. Et je ne parle pas que du sexe, bien entendu. Nous ne sommes jamais à court de conversation, nous nous entendons à merveille, nous nous faisons rire l'un l'autre.

Elle se tourna pour le regarder dans les yeux.

— Je sais que nous allons très bien ensemble, d'accord ?

C'était la pure et simple vérité, et pourtant, il lui était terriblement difficile de l'admettre, s'aperçut-elle. Brody faisait vibrer son cœur et son corps comme aucun autre homme auparavant. Et malgré cela, elle n'arrivait pas à se convaincre qu'ils pourraient s'inventer une vie stable ensemble.

— Je veux quelqu'un avec qui bâtir un foyer, dit-elle, en sentant un nœud de larmes serrer sa gorge. Je veux avoir des enfants, et un chien et un jardin avec une balançoire. Et je sais parfaitement à quoi ressemble le quotidien des joueurs de hockey, et je ne veux pas passer la moitié de l'année dans les aéroports, et lorsque j'aurai des enfants, je ne veux pas les élever seule parce que leur père passera son temps à voyager.

Brody resta silencieux un bon moment avant de répondre.

— Ma carrière n'aura qu'un temps, dit-il enfin.

— Car tu comptes peut-être prendre ta retraite jeune ?

— Non, avoua-t-il après une brève hésitation.

La déception s'abattit sur elle comme une douche d'eau froide, et elle se trouva stupide. Qu'attendait-elle, enfin ? Qu'il la prenne dans ses bras en promettant qu'il allait donner sa démission dès le lendemain, pour l'épouser sur-le-champ et vivre heureux avec elle à tout jamais ?

— J'aimerais tellement que tu changes d'avis, murmura Brody en l'attirant vers lui. Quel gâchis, sinon ! Nos creux et nos pleins s'emboîtent si bien…

Elle balança son ventre contre ses hanches. C'était vrai, leurs creux et leurs pleins semblaient s'imbriquer comme les pièces d'un puzzle. Même leurs corps, alors que Brody faisait une tête de plus qu'elle, semblaient tout simplement faits l'un pour l'autre, et lorsqu'il était en elle… Dieu, lorsqu'il était en elle, elle se sentait comblée comme jamais.

Un doux gémissement lui échappa en songeant aux sensations sublimes qu'elle éprouvait lorsqu'ils faisaient l'amour, et soudain, la tension qui l'avait tenaillée toute la journée s'envola laissant la place à une autre tension, beaucoup plus agréable, au creux de son ventre. Le métier de Brody, son besoin de stabilité, rien de cela ne comptait lorsqu'il pressait de la sorte son corps contre le sien.

— N'en parlons plus, susurra-t-elle. S'il te plaît, Brody, taisons-nous.

Son expression avait dû trahir son état d'excitation, car Brody glissa ses mains le long de son dos pour presser ses fesses.

— Je dirais que tu as une idée derrière la tête, marmonna-t-il.

— Dit l'homme qui vient de poser ses mains sur mon derrière, plaisanta-t-elle, soulagée.

Leurs aveux douloureux semblaient s'éloigner comme une plume emportée par le vent.

Brody pencha son visage et l'embrassa. C'était un baiser incendiaire qui altéra sa respiration, et elle se laissa aller à la marée de passion qui la poussait contre sa poitrine solide comme un rocher. Ses mains de géant caressaient son corps en propriétaire, et elle s'aperçut à peine qu'il avait défait le bouton de son corsaire pour le faire glisser à ses chevilles en même temps que sa petite culotte noire. Elle frissonna au contact de la brise nocturne contre sa poitrine qu'il avait dénudée prestement de ses doigts habiles comme ceux d'un prestidigitateur.

— Viens, dit-il, en la hissant dans ses bras pour avancer sur la pelouse en direction du kiosque.

Elle ferma les yeux, en s'abandonnant au plaisir d'être portée. Le plancher en cèdre de la petite structure craqua sous les pas de Brody. Il la posa sur ses pieds, et elle admira le magnifique intérieur de bois du belvédère, meublé seulement par un coquet canapé en rotin, couvert de coussins blancs comme des plumes d'ange. Elle se tourna pour regarder Brody, qui s'était déshabillé à une vitesse surprenante.

— Le sexe dans le kiosque fait partie de tes fantasmes, à ce que je vois, le taquina-t-elle.

— Ouais. J'en ai envie depuis le jour où j'ai fait construire ce truc.

— Comment ça, aucune de tes groupies n'a jamais voulu explorer ton jardin secret ?

— Je n'ai jamais invité une femme à venir chez moi.

Elle dut faire un effort pour ne pas le regarder bouche bée. Comment ça, aucune femme n'était jamais venue chez lui ? Elle repoussa les implications lourdes de sens que cet aveu contenait, car elle ne voulait pas se lancer de nouveau dans une conversation compliquée.

Comme elle l'avait dit, elle n'avait plus aucune envie de parler.

C'était bien plus excitant d'explorer jusqu'au bout ce délicieux fantasme proposé par cet homme encore plus délicieux.

11.

Il l'avait surprise avec sa déclaration, devina-t-il à la lueur alarmée dans ses yeux. Par chance, le désir avait pris le dessus, et son regard vert brillait comme une braise dans la pénombre.

Nom de nom, que cette femme l'excitait ! Elle était douée pour l'amour, il l'avait senti dès leur rencontre, l'avait vérifié un peu plus tard lorsqu'ils avaient fait l'amour dans le couloir, il s'en était enivré quand elle l'avait attaché au lit pour jouer avec son corps. La vie avec elle était un étonnement perpétuel dont il ne se lassait pas. Il adorait son esprit affûté, son intelligence et son humeur pince-sans-rire, la façon dont elle le mettait au défi et l'excitait en lui faisant sentir qu'il était beaucoup plus qu'un simple joueur de hockey.

— Et ce fantasme, il consiste en quoi, au juste ? demanda-t-elle, en posant ses mains sur ses hanches nues.

Il se régala de la vision de son corps sinueux, en cherchant les mots pour traduire ses envies. La vérité était qu'il n'avait pas de scénario en tête, et que la seule chose à laquelle il pouvait penser, c'était à se perdre dans sa poitrine galbée et à s'oublier entre ses jambes de gazelle.

Un petit vent se faufila dans le kiosque, et son effet se fit sentir sur les seins de Hayden, dont les pointes se dressèrent comme pour attirer son attention. Mais au lieu de se laisser aller à ses instincts, il décida d'échafauder pour elle un fantasme qu'elle ne pourrait pas oublier.

— Allonge-toi sur le canapé.

Hayden obtempéra sans protester, et avança sur le plancher, accompagnée par le cliquetis de ses talons sur le bois. Une fois étendue, elle fit mine de se déchausser, mais il le lui interdit.

— Garde-les.

— Pourquoi les hommes trouvent-ils si excitant une femme qui ne porte que des talons ?

— Parce que c'est terriblement sexy, répondit-il d'un air d'évidence.

— Et tu comptes rester là à me contempler, ou tu vas venir me rejoindre ?

— C'est possible.

C'étaient les mêmes répliques qu'ils avaient échangées le jour où elle lui avait avoué son penchant pour le bondage, sauf que cette fois-ci, c'était lui qui dirigeait la scène. Il s'adossa contre la rambarde du kiosque et croisa les bras.

— Il va falloir que tu me motives, dit-il.

— Mmm. Je vois. Est-ce que ceci te motive ? demanda-t-elle, en commençant à caresser ses seins.

Sa respiration devint lourde en la voyant enrober de ses mains les deux sphères crémeuses, son sexe se dressa davantage en suivant les mouvements de ses doigts et lorsqu'elle lui adressa un sourire provocateur en même temps qu'elle pinçait ses mamelons, il se demanda s'il pourrait résister longtemps à l'envie de se jeter sur elle. Sa bouche devint si sèche qu'il peinait à déglutir.

— Ecarte tes jambes, dit-il.

Hayden ouvrit ses cuisses avec une lenteur délibérée, et il oublia de respirer en contemplant la parcelle de chair rosée et luisante qui s'offrait à ses yeux. Il crevait d'envie de poser ses lèvres sur ses plis intimes et de la dévorer jusqu'à ce qu'elle crie de plaisir, mais il se contint, sans toutefois résister à la tentation de serrer sa main autour de son membre durci pour commencer à se caresser.

— Caresse-toi, ordonna-t-il en un murmure rauque.

— Ne veux-tu pas faire ça pour moi ? l'aguicha-t-elle avec une telle charge érotique dans sa voix de velours qu'il faillit jouir sur-le-champ.

— Fais-moi plaisir, bébé, parvint-il à articuler.

— A vos ordres, répondit-elle, en glissant sa main vers le bas de son ventre.

Cette femme incarnait tous ses fantasmes, pensa-t-il, en regardant, fasciné, ses doigts fins commencer à jouer avec les plis de son sexe.

— C'est ça, Hayden. Fais-toi du bien pour moi.

Elle laissa échapper un soupir enjôleur, et il la regarda un long moment se donner du plaisir. Il regardait tantôt son visage, tantôt sa main, et la façon dont elle se mordait la lèvre lui indiquait qu'elle était sur le point de jouir.

— Brody, feula-t-elle, en tendant la main vers lui.

— Non, non. N'attends pas que je te vienne en aide.

Avec une moue frustrée, Hayden soutint un temps son regard, en espérant qu'il viendrait vers elle. Mais il tint bon et elle porta de nouveau sa main entre ses cuisses et, les yeux fermés, elle se laissa aller à la jouissance.

Brody immobilisa la main qui serrait son sexe, en sentant qu'il était lui-même au bord de l'orgasme. Il n'avait jamais vu quelque chose d'aussi excitant que cette belle femme qui tremblait de plaisir en face de lui, le dos cambré et la bouche entrouverte. Elle cria son plaisir sans pudeur, oublieuse des voisins qui auraient pu l'entendre. Lui-même n'avait rien à faire du monde qui les entourait.

Appuyé à la rambarde, il se régala de chaque seconde de la

délicieuse performance de Hayden, ne perdant pas une miette du spectacle de ses jambes écartées et de ses soupirs de satisfaction, ni de l'angle parfait de la cambrure de ses pieds encore chaussés de ses sandales à talons. Lorsqu'elle se laissa aller contre les coussins, molle comme une poupée de chiffon, il lui adressa un geste de la main pour qu'elle s'approche de lui. D'un pas incertain, Hayden obéit.

— T'a-t-on déjà dit que tu étais la femme la plus sexy du monde ? murmura-t-il avant de l'embrasser tendrement sur les lèvres.

Elle lui adressa un sourire engourdi par le plaisir, et ce geste, sans qu'il sache pourquoi, l'excita davantage. Il ressentit une envie urgente de plonger dans son corps, et il se pencha pour sortir un préservatif de la poche de son pantalon. Il le déroula prestement sur son sexe, et, sans lui laisser le temps de retrouver son souffle, il la fit virevolter. La peau douce de ses fesses caressait ses hanches, et il la pénétra sans délai.

Avec un gémissement, Hayden se pencha en avant, les mains agrippées à la rambarde, pour lui donner un meilleur accès à son corps. Il plongea en elle encore, très lentement, et se retira avec le léger déhanchement qui ne manquait jamais d'arracher un cri sauvage à Hayden, pour glisser de nouveau au plus profond de son corps.

— Ça risque d'être rapide, dit-il sur un ton d'excuse.

Il aurait voulu durer longtemps pour donner à Hayden encore plus de plaisir, mais il connaissait très bien ses réactions, et il se savait dans un état d'excitation qui allait très vite le porter vers le point de non-retour.

— J'aime tout ce que tu me fais. Rapide, lent, fort, doux, tout. Fais-moi l'amour, Brody.

Ces mots brûlants le firent sourire, mais le mot « amour » le toucha direct au cœur. C'était la première fois qu'elle nommait ainsi leurs étreintes, et l'entendre provoqua en lui une saillie de plaisir qui fit trembler ses genoux.

Le besoin primaire de faire un seul être avec cette femme le saisit avec une violence ravageuse. Il commença à donner des coups de reins de plus en plus intenses, encore et encore, jusqu'à ce que l'orgasme s'empare de tout son corps. Le plaisir partit du centre de son ventre vers le haut de son dos, si intense qu'il crut qu'il allait s'évanouir. Il se pencha en avant et enlaça la taille de Hayden avec ses bras pour la serrer contre lui, perdu dans un sentiment de tendresse infinie.

Au bout de quelques secondes, elle lança un petit soupir.

— Tes fantasmes sont presque aussi bons que les miens, dit-elle.

— Comment ça, presque aussi bons ? rétorqua-t-il, en riant de bon cœur. Attends que je t'attache pour parler. On verra alors qui sait mettre en œuvre les fantasmes les plus excitants.

Elle se retourna dans ses bras pour l'embrasser, avant de s'avancer vers l'entrée du kiosque.

— Tu penses que les voisins vont me voir traverser nue ton jardin ?

— C'est maintenant que tu penses aux voisins ?

— Tu crois qu'ils m'ont entendue ?

— Disons que tu es plutôt… expressive, dit-il, en se penchant pour enfiler son pantalon.

Il se redressa, le reste de ses vêtements pendus à son bras.

— Je vais vous raccompagner jusqu'à la maison, charmante demoiselle nue.

— Tu ne vas pas me prêter au moins ta chemise ? s'enquit-elle avec un regard outré.

— Et me priver de la vision ensorcelante de ton corps nu pendant cette petite balade nocturne ?

— Balade nocturne ? Désolée, monsieur, je compte courir, dit-elle, en joignant l'acte à la parole.

En riant, Brody la regarda piquer un sprint jusqu'à la terrasse, si véloce qu'il eut à peine le loisir d'admirer son corps soyeux au clair de lune. Lorsqu'il la rejoignit sur la terrasse, à son grand dam, elle avait déjà enfilé son pantalon.

— Dommage. Tu es une véritable rabat-joie.

— Tu dois encore me faire faire le tour du propriétaire, lui rappela-t-elle en revêtant son chemisier.

— Y a-t-il une pièce qui t'intéresse plus particulièrement ?

— Une qui contienne un lit, sans hésiter. Ou alors un pommeau de douche amovible, peut-être.

Il saisit leurs verres et avança avec elle vers l'intérieur de la maison.

— Veux-tu encore du vin ? proposa-t-il, une fois dans la cuisine.

— Non, merci.

Soudain, l'expression de son visage était devenue grave, et il se demanda ce qu'il avait pu faire pour la contrarier.

— Quelque chose ne va pas ?

— Ne t'inquiète pas, répondit Hayden, en exhalant un soupir. Je pensais à mon père.

— Nous venons de faire l'amour comme des dieux et tu penses à ton père ? dit-il, en faisant la grimace.

— C'est à cause du vin, la bouteille m'a fait penser à ce que Sheila m'a raconté cet après-midi, dit-elle, visiblement affectée. Tu sais, à propos des problèmes de mon père avec la boisson…

— Vas-tu lui en parler ? s'enquit-il.

— Oui. Non. En fait, non. Je ne veux pas me disputer avec lui, pas maintenant que tout le monde s'acharne sur lui avec ce fichu scandale.

— Et le pire reste à venir, car l'enquête a commencé. Ils vont interroger toute l'équipe avant la fin de la semaine.

Elle ferma les yeux, visiblement ébranlée.

— Va-t-on vous poser des questions à propos de mon père ?

Brody hocha la tête, en se demandant s'il devait lui avouer ce qu'il savait. Hayden était déjà assez préoccupée par son père, et il ne voulait pas l'accabler davantage. Mais comment se taire sans se sentir coupable ?

— Aujourd'hui, quelqu'un m'a confirmé que ton père avait arrangé quelques matchs en début de saison.

Elle leva les yeux pour le regarder, des yeux agrandis par la surprise.

— Es-tu en train de me dire que tu es certain qu'il a fraudé ?

Soudain, il se sentit stupide et égoïste d'avoir parlé. La bombe qu'il venait de lâcher avait fait voler en éclats le peu d'espoir que Hayden pouvait garder sur l'innocence de son père. Et dire qu'il aurait tout donné pour la consoler.

— Je le crains. J'en suis sûr à quatre-vingt-dix-neuf pour cent.

— Quatre-vingt-dix-neuf pour cent, répéta-t-elle. Il y a donc encore une chance que papa ne soit pas coupable.

— Une chance très mince.

— Mais cette chance existe tout de même.

— Hayden, je sais que tu ne peux qu'être de parti pris, car il s'agit de ton père, mais il va falloir que tu commences à accepter le fait qu'il est probablement coupable.

— C'est ce que tu vas dire aux enquêteurs ? demanda-t-elle, le visage blême. Que mon père est coupable ?

— Je ne sais pas encore ce que je vais leur dire.

Hayden s'approcha de lui et posa une main sur sa poitrine. Il pouvait lire dans ses yeux à quel point elle se sentait dépassée par les événements.

— Tu ne peux pas faire ça, Brody. S'il te plaît, ne te retourne pas contre mon père.

Hayden savait qu'elle n'avait pas le droit de demander à Brody de mentir, et pourtant, elle n'avait pas pu s'en empêcher. Que Presley Houston soit coupable ou non n'était plus la question, la seule chose qui comptait, c'était qu'il était son père, sa seule famille au monde, la seule constante dans sa vie. Il ne pouvait pas aller en prison.

— Es-tu en train de me demander de mentir ? demanda Brody d'une voix blanche.

Elle déglutit, confuse.

— Non, c'est que… Peut-être que tu pourrais ne rien dire…

— Un mensonge par omission reste un mensonge, Hayden. Et s'ils me demandent directement si ton père a fraudé ? Que suis-je censé faire ?

L'angoisse tenaillait sa gorge et elle ne trouvait plus quoi dire. Elle voulait aider son père, coûte que coûte.

— Mon père est la seule personne que j'aie au monde, murmura-t-elle. Je voudrais le protéger.

— Je te comprends, bébé, bien sûr que je te comprends, dit-il en toute sincérité. Mais, et moi ? Personne ne me protège, je ne peux pas prendre le risque de mentir.

— Mais ta carrière n'est pas en péril, protesta-t-elle.

— Comment peux-tu dire ça ? fulmina-t-il. Mon intégrité et ma réputation sont en jeu, Hayden. Et je ne vais pas ruiner ma carrière pour protéger le propriétaire de l'équipe, même pas pour toi.

Elle recula, déstabilisée par la force de sa riposte. Et tout à coup, elle sentit la honte l'envahir. Comment avait-elle pu lui demander une telle énormité ? Ce n'était pas son genre. Elle avait des principes, des valeurs ! Même si la petite fille en elle paniquait à l'idée de voir son papa chéri en prison, elle ne pouvait pas réclamer que Brody se parjure et mette sa carrière en péril pour le défendre.

Dieu, et dire que c'était exactement ce qu'elle venait de faire.

Elle s'avança vers lui d'un pas incertain et se blottit contre sa poitrine. Son cœur, comme le sien, battait à tout rompre.

— Je suis désolée. Je ne sais pas comment j'ai pu te demander ça, c'était injuste, balbutia-t-elle, en ravalant un sanglot. Je te demande pardon.

Il caressa doucement son dos.

— Je comprends, bébé, n'y pense plus. Je sais que tu as très peur pour ton père, murmura-t-il, en déposant un baiser sur le sommet de sa tête.

— Si seulement… Oh, Brody. Je voudrais tellement l'aider.

— Je sais, dit-il d'une voix douce. Mais ton père s'est mis tout seul dans le pétrin, et, bien que je déteste dire cela, c'est à lui, et à lui tout seul, de s'en sortir.

Lorsque la sonnerie de son portable retentit au petit matin, Hayden refusa d'ouvrir les yeux et se blottit contre Brody, qui dormait paisiblement à côté d'elle, un bras protecteur enlacé autour de sa taille. Elle serra les paupières et attendit que le silence revienne. Mais la sonnerie du téléphone persistait. Impitoyablement.

Avec un grognement furibond, elle quitta la chaleur du lit et regarda l'heure sur le réveil posé sur la table de nuit. 6 heures. 6 heures du matin ! Qui osait l'appeler à une heure pareille ?

— Reviens au lit, marmonna Brody d'une voix ensommeillée.

— Dès que j'ai assassiné la personne qui appelle, grogna Hayden en avançant à tâtons vers la chaise où se trouvait son sac.

Elle prit son téléphone et se réveilla d'un seul coup en lisant le nom affiché sur le petit écran. Darcy. Et si Darcy renonçait à ses huit heures de sommeil pour l'appeler, c'était que quelque chose de grave était arrivé.

— Darcy ? Tu vas bien ? Qu'est-ce qui se passe ?

— As-tu vu le journal de ce matin ?

— Pourquoi me demandes-tu cela ? demanda Hayden en quittant la pièce pour ne pas déranger Brody. Et comment se fait-il que tu sois debout si tôt ? Et depuis quand tu lis le journal le matin ?

— Je ne me suis pas encore couchée, répondit son amie d'une voix qui indiquait qu'elle arborait ce sourire que Hayden connaissait si bien. C'est Marco qui reçoit le journal chez lui. Marco est mon nouvel entraîneur personnel, d'ailleurs.

— Darcy, si tu continues comme ça, tu vas finir par tomber à court de clubs de gym, soupira Hayden. Mais raconte-moi plutôt ce qu'il y a de si important dans le journal.

— C'est toi.

— Pardon ?

— Tu es dans le journal, chérie. En gros plan dans la section « sport », prise en pleine action avec ton joueur de hockey, ses mains sur tes fesses.

— Non ! Je ne te crois pas !

— Pourtant c'est vrai.

Hayden se laissa glisser à terre, dans le couloir, abasourdie. Si Darcy prenait ce ton sérieux, c'était que la chose était grave.

— Je te rappelle dans cinq minutes, dit-elle, en coupant la communication.

Elle dévala les marches deux par deux pour descendre au rez-de-chaussée, et sans prendre la peine de mettre quelque chose par-dessus le T-shirt que Brody lui avait prêté pour dormir, elle ouvrit la porte d'entrée pour récupérer le journal qu'on avait livré sous le porche. Secouée par des frissons de froid et d'angoisse, elle déchira le plastique qui enveloppait le tabloïd, et chercha d'une main tremblante les pages dédiées à l'actualité sportive. Un cri de dépit lui échappa, et elle se laissa tomber sur le canapé.

Darcy n'avait pas menti. Sous le titre « L'ailier gauche des Warriors marque de près la fille du propriétaire du club », une photo qui prenait la moitié de la page la montrait dans les bras de Brody, dont la main, en effet, se trouvait sur ses fesses, remarqua-t-elle avec un gémissement.

Et ce n'était pas le pire. Le pire, c'était l'article en dessous. Hayden le lut deux fois, pour s'assurer de ne pas en manquer un seul mot, et lorsqu'elle eut fini, elle laissa tomber le journal et enfouit sa tête entre ses mains, submergée par la détresse.

12.

Hayden arriva à son hôtel, le visage bouffi et les yeux rougis par les larmes. Elle avait réussi à se contenir le temps de quitter la maison de Brody, mais dès qu'elle était montée dans le taxi qu'elle avait commandé, elle n'avait pas pu cesser de pleurer.

Son cœur était brisé, pensa-t-elle, au moment où le taxi la déposa sur le parking du stade. Pour la première fois de sa vie, elle comprenait vraiment la portée de l'expression.

Elle récupéra sa voiture de location et, la poitrine encore secouée par les sanglots, roula jusqu'à son hôtel. La tête baissée, elle traversa le hall, en espérant que personne ne remarque son visage défait, mais à son grand dam, l'employé de l'accueil lui adressa un geste pour qu'elle s'approche du comptoir.

— Bonjour, mademoiselle Houston. Un monsieur vous attend au bar.

Une lueur d'espoir jaillit dans sa poitrine. Brody ? S'était-il ravisé ? Avait-il compris qu'il était absurde de se quitter à cause d'un article mensonger publié dans le journal ? Elle pressa le pas vers les grandes portes de bois qui donnaient accès au bar, et elle les franchit, un sourire timide aux lèvres. La déception s'abattit sur elle très vite. Il n'y avait que quelques clients, et aucun n'était le géant aux yeux bleus qu'elle cherchait. Soudain, ses yeux s'arrêtèrent sur un visage familier.

Doug ?

Que faisait-il à Chicago, bon sang !

— Hayden, s'exclama-t-il, en allant à sa rencontre.

Elle le regarda approcher. Sa silhouette élancée, sa chemise impeccable, ses yeux clairs et sérieux. Fiable, gentil, prudent. Parfait. Barbant, aussi, s'aperçut-elle. Rien ne dépassait dans cet homme, il était comme un paquet-cadeau que l'on hésite à ouvrir tellement il est joli et bien plié.

Tandis que Brody… Brody était un paquet qu'on déchirait avec impatience dès qu'on l'avait entre les mains, parce qu'on savait que ce qui se trouvait à l'intérieur serait mille fois plus intéressant que l'emballage.

L'idée lui mit de nouveau les larmes aux yeux.

— Je suis content de te voir, dit Doug avec gentillesse.

Elle aurait voulu lui rendre la politesse, mais les mots restèrent coincés dans sa gorge. Ils se regardèrent quelques secondes en chiens de faïence, jusqu'à ce qu'il se décide à la prendre maladroitement dans ses bras. Elle se laissa faire à contrecœur, en l'étreignant sans conviction.

— Je sais que je n'aurais pas dû venir, murmura-t-il. Mais après notre conversation, j'avais besoin de te parler. En personne.

— Bien sûr, dit-elle, en s'écartant de lui. Viens, on sera mieux dans ma suite.

Ils montèrent dans l'ascenseur en silence. Hayden savait qu'elle lui devait des excuses, mais en même temps, la culpabilité qu'elle avait ressentie à son égard semblait s'être évanouie. Leur relation était au point mort lorsqu'elle l'avait quitté, et même si elle détestait le blesser, elle n'arrivait pas à regretter sa rencontre avec Brody.

— J'ai vraiment reçu un choc quand tu m'as dit que tu voyais quelqu'un d'autre, dit Doug lorsqu'ils s'installèrent sur le canapé.

— Je sais, répondit-elle. Je m'en veux de te l'avoir annoncé de but en blanc au téléphone, mais il me semblait important que tu le saches.

— Tu as bien fait, la rassura-t-il. C'était l'électrochoc dont j'avais besoin pour m'apercevoir combien je tenais à toi.

Il se pencha pour caresser sa joue, et Hayden força un sourire, terriblement mal à l'aise.

— Je t'aime, Hayden, confessa-t-il d'un ton débordant de sincérité. J'aurais dû te le dire il y a bien longtemps, mais je ne voulais pas me précipiter. J'imagine que j'ai été trop prudent. Je le regrette.

Pourquoi ça ? Pourquoi maintenant ? Pourquoi aujourd'hui ? se demanda-t-elle, en composant une expression neutre afin de ne pas le vexer.

— J'ai réfléchi, et je crois que nous avons attendu assez longtemps. Je veux traverser avec toi le pont de l'intimité. Je veux que nous fassions l'amour.

Ah, non. Pas le pont, pensa-t-elle, en laissant échapper malgré elle un petit rire hystérique.

— Doug…

— Je pense que c'est le bon moment pour nous, Hayden.

« C'est peut-être le bon moment pour toi », aurait-elle voulu dire. Car pour elle, ce moment s'était définitivement achevé à l'instant même où Brody entrait dans sa vie.

— Ecoute, Doug… Je pense que si nous n'avons pas franchi le pas, ou le pont, avant, c'est que… cela ne devait pas se faire.

— Je vois, dit-il avec un fil de voix.

— Tu sais que j'ai raison, Doug, reprit-elle, en serrant sa main dans la sienne. Honnêtement, serais-tu venu me dire tout cela si je ne t'avais pas dit avoir rencontré quelqu'un ?

— Oui, répondit-il d'un ton peu assuré.

— Nous étions ensemble par facilité, par confort. Nous

étions amis, collègues, nous nous entendions bien, mais nous ne sommes pas des âmes sœurs, Doug.

C'était quelque chose de très cruel à dire, mais elle sentait qu'elle n'avait pas le choix. Grâce à sa relation avec Brody, elle s'était aperçue qu'elle n'était pas prête à s'engager avec un homme juste parce qu'il était gentil et rassurant. Et Brody, bien qu'imprévisible et excessif, était aussi honnête et tendre, et fort, et généreux, et beaucoup plus intelligent qu'il ne le pensait lui-même. C'est pourquoi elle était tombée éperdument amoureuse de lui.

La phrase résonna dans son esprit avec la force d'une vérité indéniable. Malgré tout ce qu'elle avait répété sur leur incompatibilité, sur le fait qu'elle ne voulait qu'une aventure, sur leurs différences… Elle était, Dieu lui vienne en aide, tombée raide amoureuse de lui.

Et, ironie de cette chienne de vie, elle s'en apercevait une heure après qu'il l'eut quittée.

— Ma chérie ? Ne pleure pas, s'il te plaît.

Hayden ferma les yeux, et deux grosses larmes tombèrent sur son giron. Elle pleurait, en effet.

— Je suis désolée, répéta-t-elle, à court de mots.

— Je sais. Moi aussi, je suis désolé. Mais qu'y a-t-il de si mauvais dans une relation sécurisante ?

— Rien, Doug. Mais je veux plus que du confort. Je veux de l'amour, de la passion. Je veux que la terre tremble !

Il sourit, l'air désemparé.

— Je crains de ne pas avoir beaucoup d'expérience dans ce domaine.

Non, bien sûr que non. Au contraire de Brody.

Qui en savait aussi long sur la façon de dévaster le cœur d'une femme, malheureusement.

*
* *

Deux jours plus tard, Hayden se réveilla aussi triste et confuse que la veille, mais aussi très en colère. En colère contre elle-même, avant tout. Elle avait passé la nuit à se passer le film de son séjour à Chicago. Un film catastrophe, pensa-t-elle, sans le moindre humour. Elle avait couché avec un inconnu. Pour tomber amoureuse de lui dans la foulée. Elle avait déçu et blessé Doug. Et elle avait découvert que son père, en plus d'avoir un problème avec l'alcool et d'avoir trompé sa femme, était probablement une canaille.

« Et que fais-tu pour arranger les choses ? » demanda une petite voix dans son for intérieur.

Elle s'assit sur le lit, de plus en plus en colère. Eh oui, qu'avait-elle fait, au juste ? Rien. Passer la veille affalée sur le canapé. Elle avait regardé le deuxième match des Warriors contre les Vipers pour apercevoir Brody quelques instants sur l'écran. Et lorsque les Warriors, vaincus, avaient été éliminés des play-offs, elle avait eu envie de l'appeler pour lui dire qu'elle partageait sa déception. Mais à la place, elle avait fini un bac entier de glace et s'était couchée à 10 heures.

Très constructif, tout cela, se gronda-t-elle. Elle n'avait jamais été du genre à laisser les problèmes s'accumuler sans chercher de solution, et si elle ne pouvait rien faire pour restaurer le cœur brisé de Doug, ni sa relation avec Brody, elle pouvait, sans l'ombre d'un doute, tenter quelque chose pour son père.

Se sentant investie d'une énergie nouvelle, elle bondit du lit à la douche, s'habilla en vitesse et sortit sa voiture du garage, prête à affronter son père dans ses bureaux du Lincoln Center.

C'en était assez, pensa-t-elle. Elle allait regarder son père dans les yeux et l'obliger à lui révéler la vérité. Ce scandale commençait à gangrener toutes les parcelles de sa vie, et elle était en droit de savoir si la confiance qu'elle lui octroyait était justifiée, ou non.

Elle arriva au stade la peur au ventre, car, malgré sa détermination à connaître la vérité, la conversation avec son père risquait de soulever des questions douloureuses. D'autant plus qu'il devait avoir les nerfs à fleur de peau, puisque les enquêteurs allaient l'interroger dans la journée, se rappela-t-elle.

Les bureaux de son père se trouvaient au deuxième étage, derrière une double porte monumentale qui n'aurait pas détonné à la Maison Blanche. Elle s'apprêtait à passer le filtre de son assistante, une femme charmante qui la connaissait bien, mais la secrétaire de son père ne se trouvait pas à son poste, donc elle avança vers la porte sans se faire annoncer.

La voix de stentor de son père arriva à ses oreilles à travers le mur alors qu'elle s'apprêtait à frapper à sa porte. Il semblait terriblement fâché, et sans se poser de questions, elle tendit l'oreille.

— Je sais que j'avais promis de te couvrir, Becker, mais l'affaire m'échappe des mains.

Becker ? Brody n'avait-il pas assisté à la soirée du Gallager Club en compagnie d'un dénommé Becker ?

Son sang se glaça dans ses veines. Elle devrait frapper et annoncer sa présence au lieu d'écouter, mais l'état de choc dans lequel elle se trouvait l'empêchait d'agir.

— Je n'ai rien à faire de ça, continua son père. Ils ne peuvent pas remonter la piste de l'argent…

C'était vraiment assez.

Au bord de la nausée, Hayden poussa la porte et entra dans le bureau de son père, qui, derrière sa table, tenait d'une main crispée le téléphone.

— Je dois raccrocher, dit-il à son interlocuteur en joignant l'acte à la parole.

Elle marcha vers son père, en le fixant d'un regard inquisiteur. Son père pâlit, et elle vit trembler la main qui reposait encore sur le combiné.

— Donc, c'est vrai, dit-elle à brûle-pourpoint sans s'encombrer de politesses.

— De quoi parles-tu, ma chérie ? demanda son père avec aplomb.

— Arrête tes mensonges ! fulmina-t-elle. J'ai entendu ce que tu viens de dire.

Son père la regarda, visiblement interloqué par sa colère, avant de baisser la tête, abattu.

— Tu n'aurais pas dû écouter, dit-il avec un long soupir. Je ne voulais pas te mêler à tout cela.

— Ah bon ? Alors que tu m'as demandé de venir, et de faire une déposition pour ton divorce ?

Ses jambes la soutenaient à peine, et elle se laissa tomber sur l'un des fauteuils qui se trouvaient en face de la table. Le battement de son pouls contre ses tempes l'empêchait presque de réfléchir. Un mélange venimeux de rage et de déception l'animait. Ces derniers jours, ses soupçons sur son père n'avaient cessé de s'accroître, mais recevoir de sa propre bouche l'aveu de sa culpabilité la blessait comme un coup de couteau au ventre.

Son père adoré était un criminel et un menteur. Elle ne reconnaissait plus cet homme. Il était le pilier de sa vie, et il venait de s'effondrer.

— Mon cœur, laisse-moi au moins t'expliquer, dit-il.

— Tu as fraudé, c'est illégal. Que veux-tu m'expliquer ? riposta-t-elle d'un ton âpre.

— J'ai commis une erreur, balbutia-t-il, le visage crispé par un mélange de honte et de désespoir. J'ai fait quelques placements malchanceux. Et… ce n'était que deux matchs, Hayden. Juste deux. J'avais besoin de me refaire et… et j'ai tout gâché.

Et qu'allait-elle faire de toute son admiration pour lui ? A qui allait-elle pouvoir se fier, désormais ? Et comment, nom de nom, n'avait-elle rien vu pendant tout ce temps ?

— Pourquoi ne m'as-tu pas appelée ? murmura-t-elle.

— J'avais trop honte. Je ne voulais pas que tu saches que j'avais gâché ma vie.

Son regard exprimait une douleur si profonde que Hayden ne put pas le soutenir.

— Après la mort de ta mère, je n'ai plus aimé personne, continua-t-il. Donc j'ai travaillé comme un malade pour combler le vide qu'elle avait laissé. Et je me suis accroché à ma fortune, car l'argent ne peut pas mourir. Pourtant, j'ai tout perdu. Et j'ai paniqué. J'ai pensé que j'allais perdre Sheila aussi, car je savais qu'elle m'avait épousé en grande partie pour mon argent, je n'étais pas dupe. Pourtant, je peux te dire qu'on s'aimait, elle et moi. Elle était si pleine de vie ! J'ai cru qu'elle allait me quitter et je me suis mis à boire. Je pense qu'elle a essayé de m'aider, mais je ne l'ai pas écoutée. Je ne voulais pas qu'elle soit témoin de ma faiblesse…

Hayden leva les yeux vers lui, et vit des larmes couler sur ses joues rougies. C'était la première fois qu'elle voyait pleurer son père, et c'était si poignant qu'elle se mit à pleurer aussi. Elle s'en voulait affreusement de ne s'être aperçue de rien, d'avoir été si concentrée sur sa petite personne qu'elle n'avait pas vu la disgrâce de son père. Qui, malgré ses délits et ses fautes, était toujours la personne qu'elle aimait le plus au monde. D'un pas lent, elle fit le tour du bureau et posa sa main sur l'épaule de Presley. Il tourna la tête et la regarda, surpris, les yeux toujours pleins de larmes.

— Je suis désolé, Hayden, sanglota-t-il.

Elle le serra dans ses bras.

— Je sais, papa, je sais. Ne t'inquiète pas, nous allons

trouver ensemble la meilleure manière d'arranger les choses, dit-elle, en prenant une grande inspiration avant de continuer. Mais il faut que… Il va falloir que tu dises la vérité devant les enquêteurs, d'accord ?

Son père ne répondit pas tout de suite, mais lorsqu'elle se pencha pour chercher ses yeux, il hocha la tête.

— Tu as raison, murmura-t-il. Il est temps que j'assume les conséquences de mes actes.

— Je suis avec toi, papa. Et si tu le veux, je t'accompagnerai faire ta déposition.

— Merci, ma fille. Mais c'est quelque chose que je dois faire seul.

Presley se frotta le visage longuement, après quoi, il poussa un long soupir.

— Je ne voulais pas t'en parler, mais puisqu'on en est là… Ne me dois-tu pas une explication, toi aussi ?

— A propos de quoi ? demanda-t-elle, étonnée.

— Je lis les journaux, Hayden, dit-il, les yeux rivés à son bureau. Depuis combien de temps sors-tu avec Croft ?

— Pas longtemps, répondit-elle, les joues en feu.

— Et cette… aventure, es-tu sûre que ce soit une bonne idée ? Croft n'est pas tellement ton type, je pense, ma chérie.

— Ce n'est pas une aventure, papa. Je l'aime, avoua-t-elle, en sentant de nouveau les larmes affluer. Je veux être avec lui.

« Je veux être avec lui », se répéta-t-elle dans son for intérieur. Ne venait-elle pas de dire à son père quelque chose de semblable : je suis là pour toi ? Pourquoi n'avait-elle pas été capable de le dire aussi naturellement à Brody ? Peut-être qu'il ne pouvait pas lui offrir la vie stable dont elle rêvait, mais il avait, en revanche, toute une panoplie de qualités qui compensaient, et largement, le fait que son métier lui impose de voyager souvent.

Elle avait été injuste avec lui, songea-t-elle. Et elle l'avait repoussé parce qu'il essayait de la convaincre qu'ils étaient faits l'un pour l'autre.

Dieu, elle ne méritait pas cet homme !

Tout ce qu'elle avait fait depuis leur rencontre, c'était imposer son bon vouloir, ses envies, ses peurs. Et pourtant, il avait persévéré. Et il s'était montré digne de confiance.

Soudain, elle comprit ce qui lui restait à faire.

— Je dois y aller, papa, dit-elle, en déposant un baiser rapide sur la joue de son père. Mais je suis avec toi. Et je sais que tu feras ce qu'il faut.

Brody desserra sa cravate pour la dixième fois. Il avait du mal à respirer, mais il n'arrivait pas à savoir si c'était cette fichue cravate qui l'étranglait, ou plutôt le fait de savoir que d'un instant à l'autre il devrait comparaître devant trois personnes qui pouvaient en deux mots détruire sa carrière.

Les deux options étaient plausibles, songea-t-il. Mais elles étaient aussi deux excuses pour se voiler la face. Au fond de lui, il connaissait parfaitement la cause de son agitation : Hayden.

Il ne savait pas que quelqu'un pouvait lui manquer à ce point. Depuis qu'elle avait quitté sa maison, deux jours plus tôt, il avait été incapable de penser à quoi que ce soit d'autre. Ce qui n'avait pas manqué d'affecter son jeu la veille lors du match désastreux contre les Vipers. Ils avaient perdu, la saison était finie, et pourtant, il s'en fichait. Toute son énergie se tournait vers le combat intérieur où s'affrontaient sa tête et son cœur. Car si rationnellement, il restait convaincu d'avoir pris la bonne décision en demandant à Hayden de s'éloigner de lui pour un temps, son cœur refusait d'accepter sa décision. C'était aussi déchirant qu'épuisant.

Avait-il commis une erreur fatale ? se demanda-t-il encore

une fois. En proposant une pause dans leur relation, il avait offert à Hayden sur un plateau une raison de plus de penser qu'ils n'étaient pas faits pour vivre ensemble.

Pourtant, là-dessus, il n'en démordrait pas. Ils étaient faits l'un pour l'autre. Et si Hayden avait bien voulu baisser la garde, elle aurait fini par comprendre qu'ils formaient un couple épatant. Et pas seulement au lit, mais dans tous les aspects de la vie. Comme il le lui avait dit, sa carrière ne durerait que quelques années, et il comptait se poser un jour. Il avait même déjà un projet pour sa retraite sportive, il voulait ouvrir un club de hockey où l'on ne serait pas obligé de débourser des sommes exorbitantes pour jouer au hockey, afin que les enfants de familles défavorisées puissent pratiquer leur sport préféré. C'était un projet qu'il caressait depuis de longues années.

Mais, au lieu de préparer son avenir avec Hayden, il l'avait laissée partir.

— Croft.

Il leva la tête pour voir Craig Wyatt qui marchait dans sa direction, vêtu comme lui d'un costume sombre.

— Quoi de neuf ? salua-t-il d'un ton sarcastique.

Wyatt serra les dents.

— J'ai lu cet article à propos de toi et la fille de Presley, Brody. Je voulais te dire que tu n'as aucune raison de t'inquiéter. Je sais aussi bien que toi que tu n'as rien à te reprocher.

— Merci. Mais… Comment le sais-tu ? demanda-t-il, sans pouvoir s'en empêcher.

— Allons parler dehors, dit le capitaine, économe de ses mots comme d'habitude.

Brody consulta sa montre pour vérifier qu'il avait encore le temps avant son rendez-vous.

— Vingt minutes, dit-il.

Les deux hommes quittèrent la zone des bureaux pour sortir

à l'air libre. Des voitures roulaient à toute vitesse devant le stade, des badauds passaient à côté d'eux sans les remarquer, chacun vaquait à ses occupations, songea Brody. Alors que lui se trouvait coincé dans cette situation inextricable, en attendant d'être interrogé à propos d'une affaire dont il aurait préféré ne rien savoir.

Wyatt le regarda, l'air nerveux pour la première fois depuis que Brody le connaissait.

— Ecoute, je ne vais pas mentir, dit le blond. Je sors avec Sheila, c'est vrai. Je sais qu'elle est mariée et que c'est mal, mais, que veux-tu ? Ça a été le coup de foudre entre nous.

— Donc, c'est elle qui t'a dit le nom des joueurs qui se sont laissé acheter, n'est-ce pas ?

— Oui, répondit Wyatt, en regardant ailleurs.

— Et qui c'est, bordel ! Qui est le salaud qui a mis toute l'équipe dans le pétrin, Craig ?

— Je ne pense pas que tu veuilles le savoir, répondit son collègue après une seconde d'hésitation.

Il s'interrompit de nouveau, et Brody comprit que la dernière chose dont l'autre avait envie, c'était de donner des noms.

Mais il finit par le faire.

— Nicklaus, déjà. Et, je suis désolé, Brody, mais ce n'est pas le seul. Sam Becker a aussi touché de l'argent.

13.

— Impossible, s'insurgea Brody, en sentant son pouls s'accélérer. Pas Sam. Tu mens. Ou Sheila ment.

— Je sais que vous êtes proches, mec, dit Craig, en faisant un effort visible pour rester calme. Mais il prend sa retraite à la fin de l'année, peut-être qu'il voulait assurer ses vieux jours.

— Non, tu te trompes.

— C'est la vérité, et c'est tout ce que j'avais à te dire. Nous devrions y retourner, c'est l'heure.

— Vas-y, toi. J'arrive.

Brody resta sur le trottoir, en tentant de recouvrer ses esprits et un rythme normal de respiration. Il n'avait jamais douté de l'intégrité de Wyatt, et pourtant, il n'arrivait pas à accorder du crédit à ses aveux. Il pensa à Sam, son ami, son protecteur. Un joueur mythique, une légende. Avait-il été capable de ruiner la réputation de toute une vie pour quelques dollars de plus ? Dès que sa comparution serait finie, il irait le retrouver. Il lui poserait la question sans ambages, les yeux dans les yeux. Craig ne pouvait pas avoir raison.

En redressant la tête, Brody vit qu'il ne devrait même pas attendre. Samuel T. Becker quittait le stade à ce moment précis et venait vers lui à grandes enjambées.

— Tu as fini ? dit-il en guise de salutation.

— Pas encore, répondit Brody, en étudiant son ami avec l'expression la plus neutre qu'il put composer. Toi aussi, tu dois y passer aujourd'hui ?

— Ouais. Et ensuite, comme récompense, je dois accompagner Mary pour un tour de shopping. C'est ma fête, aujourd'hui.

Brody força un sourire.

— Eh, gamin, mais qu'est-ce que tu as ? demanda Sam, en roulant les yeux. Encore gaga de la fille de Presley ? Je te l'avais dit, mec, tu n'aurais pas dû frayer avec elle.

En effet. Et Brody se demandait à présent pour quelle raison. C'était vraiment de la prévenance, ou son ami avait préféré l'éloigner de Hayden, au cas où Presley aurait confié ses magouilles à sa fille ? L'idée lui glaça le sang.

— Je préfère ne pas parler d'elle, rétorqua-t-il, ferme.

— O.K. De quoi veux-tu parler, alors ?

Il prit une inspiration avant de riposter.

— Et si tu me disais pourquoi tu as accepté de laisser perdre notre équipe ?

— Pardon ?

— Tu m'as bien entendu.

— Je te l'ai déjà dit, je ne suis pas mouillé dans cette affaire, siffla Sam, le visage fermé.

— Ce n'est pas l'avis de tout le monde.

— Et qui dit le contraire ?

Brody décida de prendre un risque. Tout en se sentant le pire des traîtres, il prêcha le faux pour avoir la vérité.

— Presley.

Son mensonge tomba comme un pavé dans la mare. L'expression de son ami passa du choc à la colère, et la confusion laissa place à la culpabilité.

Brody n'eut pas besoin d'en savoir plus. Tête baissée, il prit congé de celui qu'il considérait encore quelques secondes plus tôt comme son meilleur ami.

— Brody, allons, appela Sam derrière lui, d'un ton plaintif. Ce n'est pas ce que tu penses.

Il se retourna brusquement.

— Tu n'as pas trahi l'équipe, tu veux dire ?

Sam hésita trop longtemps.

— C'est ce qui me semblait, grommela Brody.

— Attends, je… je l'ai fait pour Mary, clama Sam, si angoissé que Brody eut presque pitié. Tu ne sais pas ce que c'est de vivre avec une femme comme elle. Argent, pouvoir, c'est tout ce qui l'intéresse. Elle ne cesse de me houspiller pour que je devienne plus riche, plus influent, plus ambitieux. Et plus j'approche de la retraite, plus ça lui monte à la tête au point d'en devenir dingue. Elle m'a épousé à cause de mon succès, j'étais au sommet de ma carrière, j'avais gagné la Ligue à deux reprises…

— Et tu aurais pu prendre ta retraire en sachant que tu étais un champion… A présent, tu es devenu un délinquant. Mary va adorer, je parie.

Becker se tut, l'image même d'un homme fini.

— J'ai déraillé, petit, et j'en suis désolé, murmura-t-il après quelques secondes interminables. Je suis désolé pour les matchs, et pour l'article…

— Comment ça, l'article ? demanda Brody, en sentant son sang bouillir. C'est toi, la source dont parlait le journal ?

Son ami regarda ailleurs, en s'apercevant qu'il venait de commettre un impair terrible.

— Je suis désolé, répéta Sam.

Brody eut l'impression qu'on l'avait poignardé dans le dos. Il serra les poings pour ne pas démolir son ancien mentor à la porte de leur stade, au vu et au su de tout le monde.

— Comment as-tu pu ? Et pourquoi ? demanda-t-il, bien

qu'il connaisse déjà la réponse. Tu savais que le pot aux roses allait être découvert, hein. Et cela tombait bien d'avoir quelque chose à donner en pâture à la presse pour qu'ils t'oublient un peu, n'est-ce pas ?

— Je suis désolé, murmura encore une fois Becker.

Brody se détourna de lui, il ne voulait plus rien entendre de ce judas. Il rentra dans le stade en poussant les portes avec violence, l'envie de frapper sur quelque chose le démangeait. Becker, son meilleur ami, l'avait trahi. C'était le meilleur joueur de la Ligue, et il avait fraudé. Pourquoi ? Le fric, du simple, sale et misérable fric.

« Argent, pouvoir, c'est tout ce qui l'intéresse. Elle m'a épousé à cause de ma carrière. »

Brody s'arrêta net, frappé par la force d'une prise de conscience qui le terrassait. Et lui, ne donnait-il pas trop d'importance à l'argent ? N'avait-il pas laissé filer la seule femme qu'il avait jamais aimée à cause de sa fichue carrière ?

Parce que, il le comprenait seulement maintenant, il aimait Hayden.

De tout son cœur.

Peut-être était-il tombé amoureux d'elle lorsqu'il l'avait vue au bar pour la première fois. Ou peut-être avait-il commencé à l'aimer avec leur premier baiser. Ou à la patinoire. Ou au musée.

Peu importait. Il l'aimait. Et au lieu de s'accrocher de toutes ses forces à cette femme dont l'intelligence l'épatait et dont le corps le rendait fou, il l'avait fait fuir. Il avait passé des années à chercher une femme qui voie en lui l'homme derrière l'athlète, et lorsqu'il l'avait trouvée, il s'était sciemment éloigné d'elle. Parce qu'il avait eu peur de ruiner sa carrière, de perdre sa position. Comme s'il n'avait pas grandi dans une famille sans le sou, mais riche en amour. Il était le roi des imbéciles, le prince des crétins.

— Brody ?

Il faillit tomber en arrière en entendant sa voix au fond du couloir. Hayden.

— Que fais-tu ici ? demanda-t-il.

Elle s'approcha de lui, et lorsqu'elle fut plus près, il remarqua ses yeux rougis. Avait-elle pleuré ?

— Je suis venue pour parler à mon père, murmura-t-elle. Et je me suis rappelé alors que tu allais aussi comparaître aujourd'hui devant la commission d'enquête, et j'ai voulu te voir avant…

Sa voix se brisa, mais elle continua :

— C'est vraiment dommage que l'équipe ait été éliminée, je suis désolée.

— Moi aussi, mais… Pour être franc, cela n'a pas tellement d'importance, au vu de ce qui se passe par ailleurs.

— Je sais… On dirait que l'enquête criminelle jette une ombre sur tout, n'est-ce pas ?

Brody sentit son cœur saigner devant la tristesse infinie qu'il lisait dans ces yeux verts. D'un geste doux, il posa sa main sur son épaule et s'éloigna avec elle de la salle de conférences.

— Je ne vais pas mentir, dit-il à mi-voix.

Elle pencha la tête pour le regarder, l'air confus. Il ne la laissa pas parler.

— Attends. Si je te dis cela, c'est parce que je veux que tu saches que même si je ne mens pas là-dedans, je suis là pour toi, bébé. Et je te prie de me croire. Je me fiche de ce que la presse dit à notre sujet, comme je me fiche de savoir si cela peut affecter ma carrière. Tu es la seule chose qui m'importe. Je veux être à tes côtés tant que tu auras besoin de moi.

Il lâcha un grand soupir, sans oser la regarder, de peur de s'entendre dire : « Désolée, Brody, mais je n'ai pas besoin de toi, ce n'était qu'une aventure. »

Mais elle ne le dit pas. De fait, elle ne disait rien.

Elle riait. De bon cœur.

Hayden ne pouvait pas arrêter les éclats de rire qui s'échappaient de sa bouche comme un lâcher de ballons de baudruche. Elle avait attendu Brody à la porte de la salle de conférences pour lui dire qu'elle était prête à attendre la fin de l'enquête, et qu'elle était prête à tout pour le garder, prête même à se tenir à l'écart un temps, s'il l'estimait nécessaire. Et voilà qu'il lui avouait, de but en blanc, qu'il voulait rester sans conditions à ses côtés.

— Qu'est-ce que tu trouves si drôle ? demanda-t-il, en croisant les bras devant sa poitrine. Rappelle-moi de ne plus jamais faire un grand geste romantique.

— Mais non, dit-elle, encore hilare. C'est que je suis venue pour te dire que je voulais bien attendre que l'enquête finisse.

— Pardon ?

— Je respecte ta décision. Si tu veux qu'on fasse profil bas le temps que les choses se tassent, je peux le faire, dit-elle, en pressant sa main autour de son bras. Je ne veux pas que notre histoire s'achève, Brody.

— Moi non plus, dit-il. Mais je ne veux pas non plus qu'on fasse une pause.

— En es-tu sûr ? dit-elle, en levant son visage vers lui.

En réponse, Brody l'enlaça par la taille et se pencha sur elle pour déposer un baiser sur sa bouche, au beau milieu d'un couloir du Lincoln Center. Un baiser qui se prolongea longuement.

Emue et émoustillée, Hayden s'écarta de lui avant que l'envie de l'entraîner dans les toilettes pour aller au bout d'un autre fantasme torride ne devienne irrésistible.

— Viens à mon hôtel dès que tu auras fini, dit-elle dans un souffle.

— Je viendrai tambour battant.

— Oublie le tambour, amène juste ton corps.

Deux heures plus tard, Brody arriva au Ritz avec l'impression d'avoir couru un marathon après avoir escaladé l'Everest. L'entretien avec l'enquêteur lui avait paru une séance de torture. Et en quelque sorte, il avait souffert le martyre, engoncé dans son costume, en manque d'oxygène à cause de sa cravate assassine alors qu'il se voyait obligé de dénoncer son patron autrefois respecté et un joueur qu'il avait considéré comme son meilleur ami.

Heureusement que cette journée infernale était finie. Les résultats de l'enquête ne seraient pas rendus publics avant quelques semaines, mais au moins, il s'était débarrassé d'un lourd fardeau. Il lui restait encore à encaisser la trahison de Becker, mais c'était là une blessure qui ne pouvait pas guérir en un après-midi, songea-t-il. Et à présent, la seule chose qu'il voulait, c'était retrouver Hayden et se perdre dans son corps et tout oublier sauf l'amour qu'il ressentait pour elle.

— Hayden ? appela-t-il, en sortant de l'ascenseur.

— Dans la chambre ! cria-t-elle.

Elle l'attendait sur le lit, assise en tailleur, encore habillée de la jupe à fleurs et du petit chemisier vert qu'elle portait plus tôt. Dommage. Et lui qui pensait la retrouver nue.

Quoique, il pouvait y remédier en un clin d'œil.

— Comment s'est passé l'entretien ? demanda-t-elle, en sautant du lit pour venir à sa rencontre.

— C'était terrible. Mais je crois que je les ai convaincus que je n'avais rien fait de répréhensible.

— Tant mieux, dit-elle, en se rembrunissant. Brody, j'ai quelque chose à te dire. A propos de Becker.

— Je suis au courant. Mais comment as-tu su ?

— J'ai entendu mon père parler avec lui au téléphone. C'est bien vrai, alors.

— Je crains que oui, et Nicklaus aussi s'est couché. C'est notre gardien de but, murmura-t-il, amer. Je n'arrive pas à croire qu'ils aient pu le faire. Surtout Sam.

— Je suis désolée, dit-elle, en caressant doucement sa joue. Mais peut-être que tu arriveras un jour à oublier. Si je peux pardonner à mon père, il est possible qu'un jour tu parviennes à pardonner à ton ami.

— Et si je n'y arrive pas ?

— Je t'aiderai, dit-elle avec un sourire lumineux. Je suis très forte en pardon. Après tout, je t'ai pardonné de m'avoir plaquée.

— J'ai paniqué, d'accord ? Et d'ailleurs, je t'ai juste demandé de faire profil…

Il s'interrompit en apercevant l'expression amusée dans ses yeux.

— Tu n'es pas en colère, dit-il.

— Bien sûr que non, répondit-elle, en suivant le contour de sa mâchoire avec le bout de ses doigts. Je ne peux pas rester fâchée longtemps avec l'homme que j'aime.

— C'est vrai, ça ? Tu m'aimes ? demanda-t-il, en sentant un tourbillon d'émotions virevolter dans son ventre.

— Oui, dit-elle, en enlaçant son cou. Même si j'ai nié cent fois que nous allions bien ensemble. J'ai cessé de résister, murmura-t-elle, en laissant échapper un soupir langoureux. Je suis folle de toi, ma star du hockey. La terre tremble quand nous sommes ensemble, et j'aime ça. Comme je t'aime, toi.

Une explosion de joie incendia le cœur de Brody, qui la serra dans ses bras, en entendant son pouls battre à tout rompre contre ses veines, assourdissant comme les applaudissements de la foule lorsqu'il marquait un but.

— Et je suis prête à m'adapter au rythme de vie d'un joueur de hockey, continua-t-elle, ses yeux approfondis par la certitude. J'irai même voir tes matchs. Peut-être pas tous, mais je…

Brody scella ses lèvres par un baiser qu'il interrompit de lui-même. Lui aussi avait des choses importantes à dire.

— Je ne vais pas jouer toute ma vie, Hayden. Et je compte contacter les équipes de la côte Ouest dans l'intention de signer avec l'une d'elles dès la prochaine saison. Comme ça, tu pourras continuer à enseigner à Berkeley et nous pourrions… Nous pourrions entamer notre vie ensemble. Avoir un foyer.

Ce fut en disant les mots qu'il s'aperçut à quel point il avait envie de construire son avenir avec elle. La femme qui avait su voir au-delà de sa tenue d'athlète. La femme qu'il avait failli perdre et qu'il ne laisserait maintenant jamais partir. Jamais.

— Je t'aime, Hayden, dit-il, enflammé. Plus que le hockey, plus que le succès, plus que ma vie. Je veux me réveiller chaque matin et voir ton sourire ensommeillé, m'endormir chaque nuit avec toi dans mes bras, avoir des enfants avec toi, vieillir à côté de toi. Veux-tu ?

Hayden plaqua son corps contre le sien et l'embrassa, et son long baiser était chargé de promesses d'amour, et de rires et de sexe torride et sans limites.

— Oui, murmura-t-elle contre sa bouche.

— Nous devrions sceller ce pacte, répondit-il.

— Oh, oui. Scelle-moi, Brody. Mais pas ici.

Elle échappa à son étreinte pour aller chercher un préservatif dans la table de nuit, et sans ajouter un mot, elle l'entraîna vers le couloir qui menait dans le salon.

— Ici, plutôt, dit-elle, avec un éclat espiègle dans les yeux.

Il ne mit qu'une fraction de seconde à comprendre qu'ils

se trouvaient à l'endroit précis où ils avaient fait l'amour la première fois.

— C'est parfait, ici, dit-il.

Tout en l'embrassant, il glissa sur le plancher avec elle entre ses bras. Très vite, leur baiser s'enflamma, et il commença à la déshabiller. Le chemisier d'abord, puis le soutien-gorge, et la jupe, et la culotte, jusqu'à ce qu'il puisse contempler à loisir son corps soyeux et parfait. Dieu, il n'en revenait pas de sa chance, songea-t-il, le souffle coupé. Cette merveille de femme avait accepté de passer le restant de ses jours avec lui.

— Je t'aime. Tout entière. De partout, dit-il, se perdant entre ses seins.

Pour toute réponse, Hayden lui offrit un soupir de plaisir, et il s'empressa de se débarrasser de ses vêtements. A genoux à côté d'elle, il commença à parsemer de baisers son ventre et l'intérieur de ses cuisses. Il adorait ces petits gémissements qu'elle exhalait, comme il adorait la façon dont elle enfonçait ses mains dans ses cheveux pour le guider vers ce point de son corps qui attendait impatiemment ses caresses. Transporté, il posa sa langue sur le petit bouton si sensible, savourant avec délices son goût musqué. Il ne se lasserait jamais de cette femme, jamais, même en cent ans.

Hayden tira suavement sur ses cheveux pour l'attirer contre elle.

— Je te veux en moi, tout de suite, chuchota-t-elle avec un regard de braise.

— Ça tombe bien, je suis là, répondit-il, en s'allongeant sur elle.

Sauf qu'il ne s'exécuta pas tout de suite, mais s'amusa à l'aguicher en frôlant de son membre dur comme un roc les plis humides de son sexe.

— Pas de règles de base, cette fois-ci, hein ? murmura-t-il contre son oreille.

— Quoi ? demanda-t-elle d'une voix câline, en fronçant les sourcils.

— Tes règles de base, celles que tu avais décrétées la deuxième nuit, lui rappela-t-il, en mordillant son cou. Je ne veux plus de règles. Je te donne ce que je suis, ce que je vaux, sans restriction. Et je veux que tu l'acceptes, sans réserve, d'accord ?

— Des demandes encore, dis donc, s'amusa-t-elle.

— Cela te pose un problème ?

Avec un éclat de rire, elle pressa son visage contre le sien et l'embrassa à lui faire tourner la tête, avant de glisser sa main entre leurs corps pour guider son sexe à l'intérieur du sien. Il retint son souffle.

— Non, gémit-elle en même temps qu'il la pénétrait. Je n'ai… pas… le moindre problème avec ça. Je t'aime, Brody.

Il haussa les hanches pour mieux replonger en elle.

— Ça me fait un effet fou, quand tu dis ça.

— Quand je dis « je t'aime » ?

— Oui.

— Ça tombe bien, tu sais ? dit-elle, en enlaçant ses jambes sveltes autour de sa taille. Car je compte te le dire très souvent. Je t'aime, Brody Croft.

Et elle le répéta inlassablement dans le creux de son oreille. Emporté par l'émotion et le plaisir, il enfouit son visage contre son cou, et fit l'amour avec elle jusqu'à ce qu'il sente la terre trembler sous eux.

Épilogue

Un an plus tard

— Bébé, il faut d'urgence faire quelque chose avec cette douche, grommela Brody en sortant de la salle de bains.

Hayden ne put s'empêcher de rire en voyant l'expression catastrophée qui assombrissait le beau visage de son mari.

— Le plombier a promis qu'il venait lundi, bébé. Pas la peine de se mettre dans un tel état.

— Vraiment, ça ne t'embête pas plus que ça ?

— Non, Brody. Ce n'est qu'un pommeau de douche. Nous pouvons survivre deux jours sans.

Elle roula les yeux et se leva du grand lit qui était le seul meuble dans la chambre. Ils avaient eu un coup de cœur pour cette vieille bâtisse de style victorien située dans le quartier le plus ancien de San Diego. Depuis deux mois, ils vivaient entre pots de peinture et sacs de ciment, et il s'emportait pour un pommeau de douche ? Cet homme ne pensait qu'à une chose. Quoique, cela, elle le savait lorsqu'elle l'avait épousé.

— Nous devrions nous dépêcher, dit-elle. Darcy doit se demander ce que nous faisons.

— Darcy, à l'heure qu'il est, est sûrement en train de folâtrer avec un serveur, ricana-t-il.

— Vilain. Elle a fait vœu de chasteté, rappelle-toi.

— Oui, et je suis certain qu'elle a tenu, hum, dix secondes.

Hayden éclata de rire, car Brody avait probablement raison. Les léopards gardent leurs taches, les poules n'ont pas de dents et Darcy White n'était pas près de se passer des hommes. Mais elle était ravie que son amie ait enfin trouvé le temps de venir leur rendre visite. Entre le mariage, le déménagement et ses cours, elle n'avait pas eu le temps de lui écrire ni même de discuter avec elle au téléphone.

Malgré la mauvaise saison des Warriors, les performances de Brody avaient attiré sur lui l'attention du manager des Vipers, qui lui avait proposé un contrat. Ce qui avait enfin résolu la question qui les taraudait depuis leur mariage, à savoir : où allaient-ils s'installer ? Au moins ils étaient tous les deux sur la côte Ouest, et elle pouvait s'organiser pour donner ses cours à Berkeley pendant la saison de hockey, et travailler par ailleurs sur son doctorat à l'université de San Diego.

Cependant, ils s'étaient mariés à Chicago, la ville où ils s'étaient rencontrés et où ils étaient tombés amoureux. La moitié des invités étaient des universitaires, et l'autre, des sportifs. Parmi eux, Craig Wyatt, qui était venu accompagné de sa fiancée, l'ex-belle-mère de Hayden. La seule ombre au tableau fut que son père n'avait pu assister à leur mariage, car le fonctionnement du centre de réadaptation pour alcooliques qu'il avait choisi ne le permettait pas. Il envoya, en revanche, une très belle lettre avec tous ses vœux de bonheur, dans laquelle il remerciait Hayden pour son indéfectible soutien. Elle avait pleuré en la lisant.

— Eh, ça va, bébé ? demanda Brody.

— Oui, dit-elle, je pensais à mon père.

— Il a cessé de boire, mon amour, et on peut espérer qu'il ira de mieux en mieux.

— Je sais. Et au moins, il n'est pas en prison.

Suite à l'enquête, la justice avait retenu plusieurs charges criminelles contre son père et les deux joueurs impliqués. Presley Houston avait finalement écopé d'une peine de quatre ans de prison avec sursis et d'une amende. Mais Hayden savait que le coup le plus dur pour lui avait été de perdre son équipe, qui appartenait à présent à Jonas Quade, l'homme aux mille maîtresses et au bronzage excessif. Quant à Sam Becker, il avait écopé d'une peine de prison avec sursis. Brody, de son côté, n'était pas encore parvenu à lui pardonner, mais Hayden espérait qu'il y arriverait un jour.

— Nous devrions y aller, dit Brody, en l'embrassant.

— Tu as raison, Darcy risque de perdre son calme si nous arrivons trop en retard, dit-elle en ouvrant la porte. Elle est un peu à fleur de peau, ces temps-ci, tu sais, avec le manque de sexe.

— Si tu veux mon avis, ce qui risque de la faire bondir, c'est plutôt ceci, répondit-il, en caressant son ventre arrondi.

Hayden soupira. Elle n'était enceinte que de cinq mois, mais se trouvait déjà très volumineuse.

— Je crois que nous l'avons conçu précisément le jour où nous avions décidé d'attendre deux ans pour avoir un enfant.

Brody haussa les épaules en un geste d'excuse.

— Je t'avais prévenue, je ne manque jamais un but, c'est ma marque de fabrique.

Ils descendirent l'escalier flambant neuf et sortirent sous le porche, lequel, en revanche, devrait attendre son tour avant d'être restauré. Hayden respira avec délices la brise parfumée du début de soirée.

— Je t'ai déjà dit aujourd'hui combien tu es belle ? demanda Brody, en fermant la porte.

— Oui. Deux fois, mais sens-toi libre de me le dire autant que tu voudras.

— Je n'y manquerai pas, dit-il, en caressant sa joue. Tu sais, je crois que le jour le plus important de ma vie, c'est le jour où tu t'es approchée de cette table de billard pour me demander de te suivre à ton hôtel.

— J'espère que tu ne comptes pas raconter cela à notre fille.

— Non, nous dirons à notre *fils* que nous nous sommes rencontrés dans un musée, et que ce fut un coup de foudre, murmura Brody en lui mordillant l'oreille.

Elle frissonna.

— Oublions le dîner, proposa-t-il en commençant à l'embrasser langoureusement.

Une vague de désir remonta le long du dos de Hayden. A ce qu'il semblait, elle ne se lasserait jamais des caresses de cet homme.

— Tu sais qu'on ne peut pas, dit-elle, en faisant appel à toute sa force de volonté pour le repousser. Mais ce n'est qu'un petit dîner de rien du tout. Sois gentil avec ma copine, et je te revaudrai ça…

— Mmm. Et comment ?

— Tu n'as qu'à attendre, tu verras, dit-elle, coquine.

— Pour toi, je pourrais attendre toute ma vie, assura-t-il d'un ton attendri. D'ailleurs, je ferais n'importe quoi pour toi, madame Croft, tellement je t'aime.

Hayden s'approcha de son mari et frôla ses lèvres avec les siennes.

— Je t'aime aussi. Finissons-en avec ce dîner, pour que je puisse te ramener à la maison, et te montrer exactement à quel point.

COLLECTION *Audace*

Sexy. Impertinent. Osé.

Si "Brûlant corps à corps" vous a séduite, laissez-vous troubler par le 2e titre de la collection Audace : "L'amant de Noël", également mis en vente le 1er novembre.

Se faire quitter deux semaines avant Noël, et, de surcroît, l'apprendre par un simple texto ! Voilà de quoi vous mettre le moral à zéro, non ? Alors, pour oublier sa colère et son humiliation, Lizzie se console en admirant dès qu'elle le peut le nouveau locataire qui a emménagé au-dessus de son garage. Un guitariste peu loquace mais vraiment sexy... Le genre de loup solitaire qui réveillerait les fantasmes d'une nonne, et qui la laisse sens dessus dessous dès qu'il pose les yeux sur elle. Oh, oui, plus elle y pense, plus elle se dit que ce beau brun ténébreux devrait être capable de lui faire oublier le comportement minable de son ex, et que passer les fêtes dans ses bras ressemblerait finalement à un délicieux cadeau de Noël...

L'amant de Noël, de Tori Carrington

Audace n° 166

COLLECTION *Audace*

Prochain rendez-vous le 1er décembre 2009

LA FLEUR DU DÉSIR, **de Lori Wilde • n°167**

Lorsqu'il apprend que la jeune femme qu'il est censé guider pendant tout son séjour en Espagne n'est autre que Tanya Milton, Daniel Corben est atterré. Le temps a passé, et pourtant, il n'a jamais pu oublier cette sirène qui l'a envouté autrefois, avant de lui briser le cœur. Des années à ne rêver que d'elle, de son corps splendide et de leurs folles étreintes qui l'éblouissaient et lui faisaient perdre la tête. Alors, dans la chaleur de Séville, il n'est pas du tout certain d'être capable de rester strictement professionnel avec cette femme fatale et de contenir le désir qu'elle n'a jamais cessé de lui inspirer…

PLAISIR VOLÉ, **de Dawn Atkins • n°168**

De retour en Arizona, Callie retrouve avec émotion la propriété familiale et… Declan O'Neill. Devenu le régisseur du domaine, le jeune homme qui la faisait fantasmer, adolescente, est plus sexy que jamais : grand et musclé, avec des jambes interminables, il dégage une force brute qui lui fait irrémédiablement penser aux chevaux sauvages qu'il est le seul à savoir dompter. C'est un homme, un vrai, dont la sensualité lui coupe le souffle. Alors, même si elle sait que les nouvelles qu'elle apporte risquent de le plonger dans une colère noire, face à lui, elle n'a qu'une seule envie : se jeter dans ses bras puissants et frémir de plaisir sous ses caresses…

A paraître le 1er janvier 2010

Best-Sellers n° 406 • suspense

Dans l'ombre du bayou - Lisa Jackson

Lorsque Eve Renner accepte en pleine nuit le mystérieux rendez-vous fixé par Roy, son ami d'enfance, elle n'imagine pas qu'elle met le pied dans un véritable guet-apens. Car elle découvre son ami poignardé, le chiffre 212 tracé sur un mur en lettres de sang. Pis encore : Cole, son fiancé, se trouve sur les lieux du crime et tente de la tuer elle aussi. Trois mois se sont écoulés depuis, et Eve se remet difficilement de la trahison de Cole, mais aussi de ses blessures : devenue amnésique, elle ne parvient pas à comprendre ce qui a pu se passer lors de cette nuit de cauchemar. Jusqu'à ce qu'un mystérieux courrier l'incite à chercher dans ses souvenirs…

Best-Sellers n°407 • paranormal

Les griffes de la nuit - Rachel Vincent

En apparence, Faythe Sanders ressemble à n'importe quelle étudiante américaine. Qui pourrait croire qu'elle est tout autre et qu'à certains moments, elle se transforme en panthère noire ? Mais Faythe rêve de vivre comme tout le monde et elle refuse de se plier aux exigences de ses parents et de sa caste de félins. Pourtant, son destin est d'être une féline et d'assurer la descendance de sa lignée comme toutes les femelles de son âge. Mais peut-elle aspirer à la liberté sans renoncer à ce qu'elle est profondément ?

Best-Sellers n°408 • suspense

Passé obscur - Suzanne Forster

Au sommet de la gloire, Lane Chandler, fondatrice de *The Private Concierge*, une société de services très prisée par les célébrités de Los Angeles, est soudainement éclaboussée par le scandale : l'un de ses clients est retrouvé mort dans des circonstances suspectes. Prête à tout pour sauver sa réputation et celle de son entreprise, Lane fait face à ceux qui la montrent du doigt. En particulier Rick Bayless, un ancien officier de la police obstiné et charismatique qui connaît son passé sombre et honteux. Un passé qui la poursuit impitoyablement et qu'elle aurait préféré oublier.

Best-Sellers n°409 • suspense

L'île des ténèbres - Heather Graham

Caer Cavannaugh, une jeune infirmière, quitte son Irlande natale pour raccompagner à Rhode Island Sean O'Riley, un riche armateur frappé d'une mystérieuse maladie lors de ses vacances. La tâche se révèle plus difficile que prévu quand elle découvre la tension malsaine qui règne dans la luxueuse maison familiale où vit l'entourage de son patient. Et lorsque s'ajoute à ce climat de menace insidieuse une étrange disparition, Caer, avec la complicité du détective privé Zach Flynn, va devoir se fier à ses dons de prémonition pour protéger la vie de Sean.

Best-Sellers n°410 • roman

La maison de la baie - Sherryl Woods

Par une belle journée de printemps, Abby O'Brien reçoit un appel paniqué de Jess, sa sœur cadette : l'auberge qu'elle a presque achevé de restaurer et qui doit ouvrir ses portes quelques semaines plus tard est menacée de saisie. De retour à Chesapeake Shores pour venir en aide à sa sœur, Abby retrouve Trace Riley, son premier amour. L'homme à qui elle avait dû renoncer dix ans auparavant en fuyant sa douloureuse histoire familiale.

Best-Sellers n°411 • roman

L'écho de la rivière - Emilie Richards

Artiste peintre mariée à un avocat et mère d'une petite fille, Julia Warwick est un pur produit de l'aristocratie de Ridge's Race. Cette femme à qui tout semble sourire voit pourtant son monde s'écrouler lorsqu'elle perd la vue de manière inexpliquée. Les médecins ayant conclu à une cécité psychosomatique, Julia entreprend de fouiller son passé à la recherche d'un traumatisme qu'elle aurait pu enfouir au plus profond de sa mémoire. Ce faisant, elle ouvre peu à peu les yeux sur son mari, sa famille, et surtout sur elle-même. Faisant bientôt émerger, avec l'aide de Christian Carver, son amour de jeunesse, des secrets que beaucoup ont intérêt à ne jamais voir divulgués.

Best-Sellers n°412 • historique

L'alliance scandaleuse - Brenda Joyce

Derbyshire, 1838

A l'âge où toutes les jeunes femmes songent à fonder une famille, Ariella de Warenne ne rêve que de voyages, d'indépendance. Le mariage ne figure pas dans ses projets… et l'amour peut attendre. Du moins le croit-elle, jusqu'au jour où elle rencontre Emilian St Xavier, richissime vicomte de Woodland. Un homme ténébreux dont la bonne société anglaise se méfie en raison de ses origines bohémiennes et de ses mœurs dissolues. Qui est cet Emilian et pourquoi l'attire-t-il autant ? Fascinée, Ariella est déterminée à satisfaire sa curiosité. Au risque de traîner sa réputation et son nom dans la boue…

Composé et édité par les
éditions Harlequin
Achevé d'imprimer en octobre 2009

CPI
Bussière

à Saint-Amand-Montrond (Cher)
Dépôt légal : novembre 2009
N° d'imprimeur : 91141 — N° d'éditeur : 14587

Imprimé en France